ARMAND HOOG · VICTOR BEI VICTORIA

ARMAND HOOG

VICTOR HUGO BEI QUEEN VICTORIA

POSSE

AUS DEM FRANZÖSISCHEN
VON
CLAUS SPRICK

HAFFMANS VERLAG

Die Originalausgabe
»Victor Hugo chez Victoria«
erschien 1993 bei Actes Sud, Frankreich

FÜR NICOLAS

1. Auflage, Frühling 1996

Satz: Reinhard Amann, Aichstetten
Herstellung: Offizin Andersen Nexö, Leipzig
ISBN 3 251 00307 0

»Wie viele Welten
habe ich auf diesen Reisen der Seele
durchquert!«

GEORGE SAND, Lélia, 1833

»Die Erde ist nicht außerhalb des Himmels.«

PIERRE LEROUX, De l'humanité, 1840

I

November 1856, Guernsey

»MONSIEUR HJUGO, mein Name ist Samuel Fergusson.«

In den vier Jahren seines Exils auf den anglonormannischen Inseln hat Victor Hugo sich daran gewöhnt, daß man seinen Namen mit englischem Akzent ausspricht. Er betrachtet den Besucher, den Rosalie hereingeführt hat. Blond, ein strenger Blick über dem Backenbart, leichter Bauchansatz. Karierter Anzug, Melone, enge Hosen. Ein Brite. Leute dieser Art trifft man allenthalben auf den Straßen von St. Peter Port. Aber irgend etwas verrät, daß dieser nicht von Guernsey ist.

Er steht vor Hugo, der schweigt.

»Ich habe gerade gekommen von London mit dem *packet-boat* um elf Uhr ...«

Victor Hugo hat kein Wort gesagt. Ein kurzes Kopfnicken, mehr nicht. Sie stehen im künftigen Billardzimmer, im Erdgeschoß von Hauteville House. Durch die beiden Fenster, vor denen noch keine Vorhänge sind, erblickt man das bläuliche Pflaster der Straße. Eine Möwe, die vom Hafen herübergekommen ist, kreist schreiend über den Schieferdächern.

»... Genauer gesagt, von Buckingham Palace.«

Er überreicht einen großen Umschlag. Im Inneren ein Bogen Velinpapier, obenan der gekrönte Leopard und das Einhorn von Großbritannien. Einige Zeilen auf Französisch: »Mr. Samuel Fergusson ist in besonderem Auftrag Ihrer Majestät Königin Victoria tätig.« Die Paraphe der Königin und das Datum: 4. November 1856.

Eine kurze Pause:

»Ihre Majestät lädt Sie zum Dinner in ihren Palast ein.«

Vor genau sechs Tagen, Anfang November, ist man in Hauteville House eingezogen. Überall Kisten und Truhen, zwischen den Fenstern, vor dem großen Kamin. Der Engländer, die Nase wie eine Galionsfigur vorgestreckt, steht kerzengerade vor dem Dichter. Er spricht ein mit Anglizismen durchsetztes Schulfranzösisch. Auf Guernsey ist die Umgangssprache ein regionales Französisch, anschaulich, voller Saft und Kraft. Fergussons Französisch klingt papieren.

»Aber wieso«, sagt Hugo schließlich, »wie das? Da bringen Sie mir eine Einladung der Königin, und das, wo mir der Gouverneur der Insel letztes Jahr, am 27. Oktober, um exakt zu sein, im Namen der Krone einen Ausweisungsbefehl hat zustellen lassen!« Die Bitterkeit, die ihn seit einem Jahr nicht verlassen hat, keimt wieder auf: »*Expalschen! Expalschen!* Unter dem hübschen Vorwand, wie mir der ehrenwerte Herr gesagt hat, daß ich mit jemandem verbündet sei, der Ihre Victoria beleidigt haben soll, einem rechtschaffenen Journalisten, wie ich verbannt von Bonaparte ...«

Fergusson hat die Hände erhoben:

»Monsieur Hjugo!«

»Von Frankreich ins Exil nach Jersey, von Jersey ins Exil nach Guernsey! Doppelte Verbannung. Sie sehen mich, Monsieur, an diese Klippe gekettet wie Prometheus an den Kaukasus. Nur daß Prometheus, Monsieur, nachdem er an seinen Felsen gekettet war, von Jupiter in Ruhe gelassen wurde. Ihn zwang man nicht durch Anordnung des Gerichtsvollziehers, von einem Felsen zum anderen umzuziehen, mitsamt seinen Ketten!«

Aus dem Vorzimmer das Rascheln eines Frauenrocks und die Schritte eines Mannes. Hugo ruft: »Charles!«

Charles tritt herein. Untersetzt, mit dem dichten Schnurrbart eines Mannes von dreißig Jahren.

»Mein Sohn«, sagt Hugo.

Und zu Charles:

»Darf ich dir Monsieur Fergusson vorstellen, der aus England gekommen ist.«

»How do you do?« sagt Charles.

»Queen Victoria is sending me«, sagt der Engländer.

»Charles, was soll ich diesem Herrn antworten, der mir eine Einladung der *Kouihn* Victoria in ihren *Boukingame*-Palast in London überbringt? Die *Kouihn* lädt mich ein, aber sie kennt mich nicht. Für die Engländer, Monsieur Fergusson, bin ich *shocking, eccentric, improper*. Ich kämpfe gegen die Todesstrafe. Ich bin weder katholisch noch anglikanisch noch lutherisch noch Calvinist noch Jude noch Methodist noch Wesleyaner noch Mormone... Schlimmer noch: ich bin Franzose, was unverzeihlich ist, und Republikaner, ein Fauxpas ohnegleichen... Lord Palmerston, der meine Briefe nicht beantwortet, muß ihr all das doch gesagt haben, Ihrer *Kouihn.*«

Samuel Fergusson läßt diesen gallischen Wortschwall über sich ergehen, ohne mit der Wimper zu zucken.

»Monsieur Hjugo, jedermann weiß, daß die Königin und der Premierminister die Dinge nicht sehen in der gleichen Manier. Ihre Majestät möchte sich mit Ihnen unterhalten. Schade nur, daß Sie sprechen kein Englisch.«

Hugo richtet sich auf. Er ist kleiner als Fergusson.

»Wenn England sich mit mir unterhalten will, wird es meine Sprache lernen.«

Charles lacht:

»Bravo, wertester Vater!«

»Ihre Majestät spricht Französisch«, sagt Fergusson. »Nicht besonders gut, ich sollte sagen. Aber es gibt eine Dolmetscherin.«

»Und wird Lord Palmerston die Einreise dieses skandalösen Verbannten nach England erlauben?«

Fergusson flüstert wie ein Verschwörer:

»Monsieur Hjugo, Ihr Besuch wird selbstredend inkognito sein.«

Jetzt ist es an Hugo, zu lachen:

»Hör dir das an, Charles!« Und zu Fergusson:

»Ist Ihnen bewußt, Monsieur, daß mein Gesicht der Welt nicht ganz unbekannt ist? Ich bin

Mitglied der Académie Française, ich war Pair von Frankreich, Abgeordneter. Man hat mein Portrait unter den Arkaden der Rue de Rivoli verkauft, in Paris.«

Charles seufzt:

»Sie ist weit, die Rue de Rivoli!«

»Kaum daß ich einen Fuß auf das *packet-boat* nach Southampton setze, ist die Geheimpolizei Bonapartes im Bilde.«

»Monsieur Hjugo, ich bin gekommen, Ihnen eine andere Art von Transportation vorzuschlagen.«

»*Trans-por-täj-schen!*« sagt Hugo ironisch. »Wollen Sie mich vielleicht zu diesem britischen Kriegsschiff hinrudern, das da unten ankert? Ich weise Sie darauf hin, daß ich keine Lust habe, mich mit einer ausländischen Macht zu kompromittieren. Ich bin Franzose.«

»Haben Sie schon einmal von Ballons gehört?«

Der Engländer geht einige Schritte zum offenen Fenster. Die Luft ist mild in diesem November. Ein Wetter wie Altweibersommer. Nebelbänke ziehen vom Meer herauf. Einen Finger zum Himmel gerichtet:

»Der Ballon, Monsieur Hjugo! Des Menschen Stimme verkündet eine neue Religion: den Ballon! Damit reise ich ohne zu ermüden, ich fliege mit der Geschwindigkeit des *hurricane*, wie sagt man das in Ihre Sprache?«

»Des Orkans«, sagt Charles.

»Und der Planet entrollt sich vor meinen Augen wie eine Weltkarte.«

»Wollen Sie damit sagen«, fragt Charles, »daß Sie uns vorschlagen, Victor Hugo im Ballon zu Königin Victoria zu bringen?«

»That's what the Queen requested me to do.«

Charles zu seinem Vater:

»So lautet der Auftrag, den die Königin ihm erteilt hat.«

»Schon gut«, sagt Hugo.

Der Engländer blickt ihm fest in die Augen:

»Glauben Sie an den Fortschritt, Monsieur Hjugo?«

»Ob ich an den Fortschritt glaube? Hast du gehört, was er mich fragt? Ob ich an den Fortschritt glaube? Haben Sie meinen letzten Gedichtband gelesen, Monsieur Fergusson?«

»Entschuldigen Sie«, sagt Fergusson, »ich lese keine Poetrie. Ich bin ein Wissenschaftler.«

Hugo mustert den Wissenschaftler mit jenem Blick, den er einige Jahre zuvor über die Nationalversammlung hatte schweifen lassen.

»Jede ernsthafte Beschäftigung mit dem Unendlichen führt zum Fortschritt. Der Anblick des Vollkommenen beweist die Fähigkeit zur Vervollkommnung. In meinen *Betrachtungen* habe ich geschrieben:

Als Seele bebt der Mensch in Gottes Hand
Und stürzt, als Erdenwesen, wie gebannt
Dem Fortschritt kühn entgegen . . .«

Fergusson bemerkt höflich:

»Zeilen, die hinten reimen, nicht wahr? Das ist nicht einfach zu machen.«

»Mein Gedicht heißt *Die Magier.* Ich bin noch nie Ballon gefahren, aber ich habe oft davon geträumt. Wissenschaftler, Dichter, Sie und ich, Monsieur, wir sind Magier. Orpheus begleitet Jason.«

»Diese Herren kenne ich nicht«, sagt Fergusson. »Aber ich habe mir die Pläne einiger Ihrer Landsleute zunutze gemacht, von Monsieur Djupjou-Delcohrt ...«

»Er meint Dupuy-Delcourt.«

»... dem Konstrukteur des Lüfteschiffs, und vor allem Monsieur Pétin, dem Erfinder der Fluglokomotive. Dieser Monsieur Pétin war es, der vor einigen Jahren, in Paris, meine Werdegang bestimmt hat. Wir sind noch immer Freunde. Wir schreiben uns. Diese Tage er kommt aus Amerika zurück.«

»Er war überzeugt, mit seinem Apparat die Welt zu verändern, der gute Pétin, ich erinnere mich daran.«

»Die Fliegapparate verändern die Welt. Gott ist nicht mehr nötig.«

»Ganz meiner Meinung«, murmelt Charles in seinen Schnurrbart.

»Aber der Fortschritt«, sagt Hugo, »ist einer der weltlichen Namen Gottes. Jesus war seine blutende Inkarnation. Ich nehme Christus ab vom Kreuz des Christentums. Ich gebe ihn der Menschheit zurück.«

»Die Luftfahrzeuge«, sagt Fergusson, »man kann sehen. Gott im Himmel ich habe nie gesehen.«

»Wir werden Gott eines Tages erblicken. Das Sichtbare ist nur der Widerschein des Unsichtbaren. Wenn Sie wüßten, was ich in diesem Augenblick schreibe! Es heißt *Gott.*«

»*Anyway*«, sagt Fergusson, »ich wollte Sie durch die Luft zu meiner Königin bringen.«

Hugo nimmt den Engländer beim Arm.

»Kommen Sie, Monsieur, unterhalten wir drei uns da oben, wo ich arbeite. Sie werden mir erläutern, was Sie von mir erwarten.«

Sie steigen über die Hindernisse.

»Mein Vater«, erklärt Charles, »der noch nie in seinem Leben gejagt hat, hat die Jagd nach alten Truhen erfunden. Er durchstöbert die Trödelläden, angefangen von dem von Miss Martin bis zu dem von Madame Salope.«

»Sind sie nicht schön?« fragt Hugo, als der Engländer über eine Truhe stolpert. »Sie haben sich an einem Modell mit Rauten gestoßen.«

»Zu alt für meinen Ingenieurgeschmack«, sagt Fergusson und reibt sich das Schienbein. »Sie werden die Gondel meines Ballons sehen. Ganz *brand-new.* Die Erfinder, sie lieben das Neue.«

Eine Treppe, deren Teppich noch nicht vollständig angenagelt ist. Im ersten Stock zwei große leere Zimmer. »Ich werde hier einen roten und einen blauen Salon einrichten. Rot wie das Pflaster von Paris, blau wie der Himmel.« Sie steigen noch einen Stock höher. Noch eine kleine Treppe, um auf den Dachboden zu gelangen. Ein Tisch voll beschriebener Blätter. Auf dem Bett eine violette, golddurchwirkte Seidendecke.

»Prächtig!« sagt Charles. »Wo hast du die aufgetrieben, wertester Vater?«

»Ein Geschenk von Madame Drouet. Ihr Morgenrock.« Und zu Fergusson: »Hier werde ich einen *look-out* einbauen. Um den Himmel zu betrachten, das Meer. Um der Natur zuzurufen: ›Tritt mir deutlich vor Augen, daß ich mich deiner erinnere!‹«

Unten die Stadt St. Peter Port, der Hafen, vertäute Boote, das Meer grau bis zum Horizont. Möwen segeln. Weiße Engel.

Hugo seufzt. Hier, auf dieser winzigen Insel, so nah und doch so weit von Frankreich zu sein ...

»Schauen Sie, Monsieur Fergusson. Vor Ihnen, genau im Osten, am Ende des Wassers, dreißig Meilen, fünfzig Kilometer, da liegt Frankreich.«

So viele Bilder! In Paris, in der Rue de Vaugirard 90, mit Adèle, da waren wir jung, arm, rein, die Rue Notre-Dame-des-Champs, die Rue Jean-Goujon, die Place Royale. Hier, verbannt, bis zum Tod. Man wird mich auf dem Friedhof von St. Peter Port beisetzen, der Leichenzug wird die High Street entlanggehen. Man wird sagen: Da geht der arme Monsieur Hjugo dahin in seinem Sarg. Mein Grabstein zwischen den Gräbern des Ortes, den Putrons, den Turpins. Ich werde Gott sehen.

Der Engländer weist auf das Zimmer und ruft:

»Fast wie die Gondel meines Ballons! Rund, aus Weidengeflecht, mit Eisenbeschlägen, fünfzehn Füße Durchmesser. Sie können auch schlafen. Eine kleine Kabine aus Segeltuch.«

»Setzen wir uns«, sagt Hugo. »Zwischen Himmel und Erde schwebend schlafen, das wäre beinahe wie im Himmel zu sein. Haben Sie das je schon einem Passagier geboten?«

Fergusson richtet sich auf, voller Stolz:

»Ihrer Majestät der Königin Victoria. *Twice.* Zweimal. Aber das ist ein Geheimnis.«

Charles fragt: »Ist Ihr Ballon in der Lage, innerhalb der Mauern des Palastes aufzusteigen und zu landen?«

»*Of course.* Ihre Majestät hat mir einen Teil der *mews* überlassen ... der Pferdeställe, um den Ballon zusammenzubauen und unterzubringen. Und eine Mannschaft für das Manövrieren. Der Park ist groß, vierzig Morgen. Bei Nacht, ein Abflug und eine Rückkehr sind sehr diskret.« Die Stimme des Engländers wird andächtig: »Immer werde ich erinnern, *gentlemen.* Letztes Jahr, Monat Mai. Ein fürchterlicher Frühling. Es regnete.«

»Im Frühling regnet es immer in Ihrem England«, sagt Charles.

»Aber schlimmer als gewöhnlich. Regen ohne Pause. Ich hatte Audienz gebeten, um Ihrer Majestät anzuzeigen die Beendigung der Versuche. Ich war über Jersey gefahren. Ihre Majestät sagte: ›*I want you to take me up in your balloon for a flight.*‹ Sie wollte fliegen. Ich sagte nein, unmöglich. Zu große Verantwortung!«

»Nicht zimperlich, Ihre kleine Königin«.

»Sie hat mit dem Fuß aufgestampft«, sagt Fergusson gerührt. »Sie sagte: ›Ich brauche Trost.‹ Also habe ich zugestimmt.«

»*Consoläjschen?*«

Samuel Fergusson verrät seinen Gesprächspartnern ein Staatsgeheimnis, das ganz London kennt:

»Der Krimkrieg dauerte schon zwei Jahre. Engländer und Franzosen gegen Russen ...«

»Ein grauenvoller Krieg«, sagt Charles. »Fünfundneunzigtausend gefallene französische Soldaten.«

»So viele? Seit zwei Jahren die Königin lebte von ihrem Mann getrennt.«

»Aber warum?«

»Lesen Sie keine englischen *newspapers*?«

Hugo zuckt mit den Schultern:

»Dafür habe ich keine Zeit. Ich schreibe, wissen Sie.«

»Die Königin ist eine Patriotin. Prinz Albert war, alle Welt weiß, gegen den Krieg.«

»Recht hatte er«, sagt Charles.

»Seine Sympathien waren für die Russen, die Feinde. *Poor dear Queen.* Zwei traurige, sehr traurige Jahre. Streit mit dem Prinzen, Wut, Melancholie. Daher ihr Bedürfnis nach *consolation.*«

»Und haben Sie sie in die Luft mitgenommen? Was hat der Prinz gesagt?«

»Immer noch sehr schlechte Laune. Er hat geweigert, Ihre Majestät zu begleiten. Er hat lediglich verlangt, daß sie sich bei jeder Reise begleiten läßt von einem Gentleman seines Vertrauens.«

»Kluger Ehemann«, sagt Hugo.

»Das erste Mal hat die Königin gewählt einen

preußischen Diplomaten, einen Riesenkerl, der von Zeit zu Zeit nach London kam zum Dinner im Palast.«

»Diplomat und Preuße ist ein Widerspruch in sich.«

»Sehr schwer für die Gondel.«

»Hat Albert ihn akzeptiert?«

»Wenn jemand deutsch spricht, Albert ist zufrieden. Untereinander sprechen sie deutsch. Obwohl . . .«

Er hält inne. Die Hugos ahnen: es gibt Engländer, denen das mißfällt.

»Aber während dieser Jahre, 54, 55, 56, sie sprachen nicht miteinander, weder deutsch noch englisch.«

»Schweigen«, sagt Hugo, »ist bisweilen die Sprache der Ehepaare.«

»So schwer, daß ich die Gondel auf andere Weise ins Gleichgewicht bringen mußte. Der andere Gentleman, ein Mitglied des Unterhauses, schmächtiger.«

»Und war sie mit diesen Tröstungen in der Luft zufrieden?«

Fergusson schüttelt den Kopf:

»Leider nein! Beim Aufstieg jedesmal Regen. Eine richtige Sintflut. Nichts zu sehen. Schrecklich. Die Gondel vom Wind geschüttelt. Ihre Majestät hat sich in die Kabine geflüchtet, wo diese Herren ihr Gesellschaft leisteten.«

»Königinnen sind zerbrechlich.«

»Die Ärmste! So würdevoll, so unglücklich!«

Hugo träumt einen Augenblick:

»Vor Jahren, Monsieur Fergusson, habe ich ein Theaterstück über eine spanische Königin geschrieben, die in ihrem Palast unter der Aufsicht einer grauenhaften Anstandsdame eingesperrt war. Ihre Königin Victoria kann sich wenigstens, wenn sie in ihrer Ehe unglücklich ist, durch die Luft davonmachen.«

Fergusson wischt alle diese Betrüblichkeiten mit einer Handbewegung fort:

»Monsieur Hjugo, an der südwestlichen Spitze Ihrer Insel liegt ein Dorf mit einer Mühle.«

»Torteval.«

»Am Ende der Landzunge ein *slope*, wie sagen Sie?«

»Eine Böschung«, sagt Charles.

»Und hinter der Böschung eine Ebene mit einem verlassenen Haus.«

»Pleinmont«, sagt Hugo. »Sie haben die Insel also besichtigt?«

»Von oben, in der Nacht. Noch letzte Woche. Auch Jersey, vergangenes Jahr, als Sie dort waren. Ich habe ein *electrical contraption* erfunden, das einen Lichtstrahl aussendet.«

Hugo schlägt sich an die Stirn:

»Ich habe es bemerkt, Ihr Licht! Rätselhaft genug, um mir eine Notiz darüber zu machen.«

Er nimmt eine Kladde vom Tisch und blättert darin:

»Hier. ›25. Juni. Das Licht um 9 Uhr abends über Cobo Bay gesehen. – 4. Juli. Das Licht gesehen. – 6. Juli. Das Licht gesehen.‹ Das waren also Sie!«

»Ich habe die gesamte Insel systematikalisch erkundet.« Er erhebt sich: »Pleinmont ist der am meisten gute Ort. *Weather permitting.* Wenn das Wetter erlaubt ...« Er zählt an den Fingern ab: »In sieben Tagen. Eine Stunde nach Sonnenuntergang. Flut. Beobachten Sie Pleinmont. Wenn Sie das Signal sehen, kommen Sie. Es wird Vollmond sein.«

»Und wenn wir es nicht sehen?« fragt Charles.

»Dann am Tag darauf, oder noch einen Tag später. Ich hoffe für einen günstigen Wind, um uns nach London zu tragen. November ist ein schwieriger Monat. Ich werde vor dem Haus niedergehen. Halten Sie sich bereit mit den Gepäcken. Seien Sie sicher ein warmes *jacket* mitzunehmen. Nachts es ist kalt in der Gondel.«

»Ich habe keine Angst vor der Kälte.«

Im Augenblick des Abschieds fällt dem Engländer ein:

»Monsieur Hjugo, eine sehr wichtige Sache!«

»Ja?«

»Zum Dinner im Buckingham Palast, notwendig für die Herren zu tragen *breeches.* Wie sagen Sie?«

»Eine Kniebundhose«, sagt Charles, der laut auflacht.

»Ein nicht schönes Wort. Aber *the prescribed ceremonial.*«

»Das Protokoll«, sagt Charles und lacht noch immer. »Wenn ich mir dich in kurzen Hosen vorstelle, wertester Vater!«

»Ich war Pair von Frankreich«, sagt Hugo.

»Ich besitze noch immer die Uniform. Ein Anachronismus 1856, aber *brietsches* sind dabei, aus Kaschmir.«

»So long then«, sagt Fergusson. »In sieben Tagen.«

Hugo deutet ein Lächeln an, träumerisch.

»Montgolfier«, sagt er. »Pilâtre de Rozier. Der Marquis d'Arlandes. Monsieur Charles, dem mein Freund Lamartine Hörner aufgesetzt hat. Und Blanchard. Und Sie, Samuel Fergusson. Helden der Industrie, Aristokraten des Himmels, Arbeiter der Luft. Es fehlte Ihnen ein Dichter. Danke.«

»Die Hose, vergessen Sie nicht.«

II

Guernsey

ER wacht auf. Das schwache Licht der Morgendämmerung im Fenster, gegenüber dem Bett. Sogleich stehen ihm die Ereignisse des gestrigen Abends wieder vor Augen. Kaum daß die Kerze ausgeblasen war, hatte es dieses seltsame Geräusch gegeben. Als ob die auf dem Tisch gestapelten Papiere sich alle zugleich zu bewegen begonnen hätten. Er hatte die Kerze wieder angezündet und, auf einen Ellenbogen aufgestützt, zum Tisch hinübergeblickt. Die Manuskripte in tadelloser Ordnung. Das Geräusch war so stark, von so eigenartigem Rauschen begleitet, daß er keinen Schlaf hatte finden können. Er hatte mit lauter Stimme gesagt: »Wenn da jemand ist, soll er dreimal an die Mauer klopfen.« Daraufhin aber kein vernehmliches Klopfen wie letztes Jahr in dem Haus auf Jersey, sondern ein schwaches, undeutliches, fieberhaftes Pochen, wie ungeduldig. Eine Art schwankender Bewegung hatte sein Bett erfaßt. Schließlich war er dann doch eingeschlafen.

Hugo setzt die nackten Füße auf den Boden, nachdenklich. Gewiß, unser Planet ist nicht einzigartig im Universum. Es gibt notwendigerweise Verbindungen zwischen den Welten. Schweigen bewahren, sich beugen.

Erinnern wir uns. Vom Herbst 53 bis zum Herbst 55, auf Jersey, haben wir so ausgiebig Tische gerückt, an denen uns Jeanne d'Arc, Rousseau, Hannibal, Sokrates, Shakespeare und all die anderen ihre Mitteilungen diktierten, daß wir auch jetzt, in dem neuen Haus auf Guernsey, selbst wenn wir auf das Tischerücken verzichtet haben, Seite an Seite mit dem Übernatürlichen leben. Diese nächtlichen Geräusche, diese Glokken, die mitten in der Nacht zu läuten beginnen, dieses schattenhafte Gewimmel: gefangene Seelen. Auf dem Bett sitzend, im Hemd, beten wir für sie, für die Toten, für die Lebenden, für die glücklosen Liebesbeziehungen meiner Kinder, für die Soldaten, die auf der Krim hingeschlachtet werden, für die Verbannten, für die Sträflinge, für die Magd, die ins Krankenhaus gekommen ist (ein Shilling pro Tag, ich habe gesagt, daß ich dafür aufkomme).

Die Sonne geht vor dem Fenster auf, vom Fort George dröhnt der Kanonenschuß herüber, die Wesen der Nacht entschwinden.

Er springt aus dem Bett. Der Zuber ist da, gestern abend gefüllt aus Wassereimern, die die Mägde in den dritten Stock hinaufgetragen haben. Kräftig, mit tüchtigen Armen, die Mädchen von Guernsey. Vor nichts bange, außer vor dem Teufel. Ausgenommen Constance, die nicht so abergläubisch ist wie die anderen. Constance, die nebenan schläft, im Verschlag. Sie wartet. Hugo streift das rote Nachthemd ab, das das Gesinde mit Ehrfurcht erfüllt. Kraftvoller Körper von vierundfünfzig Jahren. Solider Rumpf. Flacher Bauch. Darunter das Leben. Noch einige Jahre vor mir. All diese Seiten zu schreiben. Von Gott zu sprechen, von den Elenden. Sie werden sehen. Mit dem großen Schwamm läßt er sich das Wasser über die Schultern rinnen, zwischen die Beine. Er trocknet sich, reibt sich mit dem Roßhaarhandschuh ab, bis die Haut rot wird. Dann den Kopf in die Waschschüssel. Er prustet. Betrachtet sich im Spiegel. Kräftige Kinnbacken. Die Stirn, hinter der sich so vieles verbirgt. Heute nachmittag werde ich mich vom Barbier am *Yacht Hotel* rasieren lassen. Ich sollte mir doch einen Bart stehen lassen. Aber nicht das unwürdige Bärtchen des Bonaparte, wie es die Schutzmänner und die Generäle kopieren. Noch immer nackt, atmet er vor dem offenen Fenster tief durch. Die milde, ein wenig salzige Novemberluft. Fertig.

Im Verschlag nebenan das Rascheln von Wäsche. Constance bereitet sich ebenfalls vor. Sie kommt und lacht, als sie ihren Herrn in Positur sieht, das Geschlecht in Habachtstellung.

»Soll ich das Hemd heute anbehalten, oder soll ich es ausziehen?«

»Die nackte Frau, das ist der blaue Himmel. Die Schönheit und das Unendliche wollen ohne Schleier betrachtet werden.«

Sie hat seine Worte nicht ganz verstanden, aber die Geste ist klar: ausziehen. Sie tut es lachend. Normannische Schönheit, blühend, Unschuld vom Lande. Rosige Wangen, strohblondes Haar, blaue Augen. Es fehlt diesem Blick ein

Stern. Und was für Mordsdinger von roten Händen!

»Nun«, sagt sie, noch immer lachend, »da bin ich. Oh! Sie sind ein guter Herr.«

Er wirft sie auf das Bett, wie jeden Morgen. Es geht rasch.

»Heute nacht«, fragt Hugo, »hast du da Geräusche gehört, Seufzer, ein Rauschen?«

Sie lacht.

»Ein Klopfen in der Mauer? Nein, nichts gehört. Ich schlafe wie ein Stein, Monsieur Hjugo. Eine unbekümmerte Hippe.«

Hugo weiß, daß eine Hippe auf Guernsey ein Mädchen ist. Sie hebt ihr Hemd auf. Ihr Lachen verklingt hinter der Tür. Sie wird zu ihren Besen hinuntergehen.

Ein guter Tagesanfang. Es gibt Leute, die das müde macht. Ihn bringt das in Form. Drei Schritte zu dem Klappbrett, an dem er im Stehen arbeitet. Er schreibt:

Sie fragt: Mit Hemd oder ohne, wie magst du es leiden?
Und ich: Nichts vermag eine Frau eleganter zu kleiden
als Evas Kostüm . . .

Gute Constance,

die herüberkommt, lachend, strohblond und glutrot!

Oder vielleicht eine etwas mythologischere Version?

Da bin ich, sagt sie, ich bin parat.
Vor Adonis einst Venus so trat . . .

Seit langem ist er nicht mehr im Alter von Adonis, aber die Liebe verjüngt ihn. Dienstmagd oder Dame von Welt, Lycoris oder Turlurette, Hauptsache eine Frau. Die Frau, das Meisterwerk Gottes, der Jungbrunnen. Der Leib der Frau, idealer Ton unter den Händen, erhabenes Meisterwerk! Noch ein Vers, den es zu notieren gilt.

Sorgfältig heftet er diese Fragmente im Ordner *Zu bearbeiten* ab, neben seinen Manuskripten von *Gott* und *Das Ende Satans.*

Gestern hatte er zu diesem Engländer gesagt: »Wenn Sie wüßten, was ich schreibe! Ihr Ballon, Monsieur Fergusson, kann einige tausend Fuß hochsteigen. Ich hingegen habe die Flugmaschine Nimrods erfunden, des großen biblischen Lästerers, des Widersachers Gottes. Ein Käfig, von mächtigen Adlern getragen. Die Maschine steigt auf, hinauf in den Sternenraum, Jehova entgegen. Nimrod verläßt den Käfig, spannt seinen riesigen Bogen, zielt auf den Himmel. Die zurückschnellende Sehne tönt wie das Brausen des Sturms. Der Pfeil entschwindet gen Himmel. Einen Monat später zerschellt etwas Monströses am Erdboden. Nahebei sein Pfeil, zur Erde zurückgefallen, blutbefleckt. Hat er Gott verwundet? Was würden Sie zur Antwort geben, Monsieur Fergusson, Sie, der Sie Gott nicht sehen, weil Ihnen der Ballon den Blick versperrt?«

Bevor er sich ankleidet, öffnet er einen Schrank mit akkurat sortiertem Inhalt. Ordner *Nimrod.* Angelegt in Paris, um 1850. Ausschnitte aus Zeitungen, Dupuy-Delcourt, Giffard, ein Artikel von Théophile Gautier in *La Presse* über das

System Pétin, eine Novelle eines gewissen Verne im *Musée des Familles*, die *Geschichte der Ballone* von Julien Turgan, das Gedicht *Ikarus, von Pétin gerächt* von Barillot. Ganz hübsch das alles, aber letzten Endes ist noch keiner dieser Herren wirklich geflogen. Ich hingegen, nächste Woche ...

Er zieht sich an. Flanellhemd, Samthose, derbe Arbeitsschuhe. Er war noch nie ein Dandy gewesen, aber früher ging er nicht ohne Krawatte aus dem Haus. Guernsey hat alles geändert. Gutgelaunt betritt er das Eßzimmer im Erdgeschoß. Die Familie ist da, die beiden Adèles, Mutter und Tochter, der dicke Charles und François-Victor mit ihren Schnurrbärten. Und Auguste Vacquerie, der wie ein Ziehsohn zur Familie zählt. Alle stehen herum und unterhalten sich angeregt. Adèle I ist außer sich. Zu beiden Seiten ihrer Adlernase, unter dem krausen Haar, das zu ergrauen beginnt, blinzeln ihre schwarzen Augen. Adèle II hält sich abseits, verdrossen, sie scheint den Tränen nahe zu sein.

Hugo kennt diese Auftritte zur Genüge. Warum können sie nicht alle so gelassen sein wie er?

»Was ist geschehen?«

Wütende Stimmen dringen von unten herauf, aus der Küche, durch den Lastenaufzug.

»Schon wieder ein Streit der Hausangestellten!« sagt François-Victor. »Und wir warten auf unser Essen.«

Adèle I wiegt niedergeschlagen den Kopf:

»Rosalie und Amy, wieder einmal!«

»Diese Mädchen und ihr Aberglauben!« sagt Charles.

»Sie werfen sich gerade«, nimmt Adèle I den Faden wieder auf, »ihre religiösen Überzeugungen an den Kopf.«

»Wegen der Weißen Frau«, sagt François-Victor.

Auguste präzisiert:

»Die Weiße Frau, die mehrmals gekommen ist, um durch den Tisch zu uns zu sprechen, letztes Jahr, auf Jersey. Sie hatte uns gesagt, Sie erinnern sich, Maître: ›*Ich bin die Untröstliche des Horizonts.*‹«

»Die Weiße Frau scheint von einer Insel zur anderen zu spazieren«, sagt Charles sarkastisch.

Adèle II richtet sich mißmutig auf ihrem Stuhl auf:

»Dann hat sie mehr Glück als ich. Sie reist.«

Die Nase von der Mutter, die Stirn vom Vater. Sie ist vielleicht das intelligenteste der vier Kinder. Sie sitzt dort, trübselig, verzweifelt. Heute ein bißchen Koketterie: die blaßgrüne Samtschleife im Haar; und morgen wieder irgendwie. Das wird böse enden.

»Ich erinnere mich sehr gut an die Weiße Frau«, sagt Hugo. »Ich habe ihr ein Gedicht in meinen *Betrachtungen* gewidmet: *An die, die sich verschleiert hat.*«

»Amy und Rosalie«, sagt François-Victor, »sind ihre Familien besuchen gegangen. Die Weiße Frau ist in Torteval erschienen.«

»Hexendorf«, sagt Charles.

Von unten schallen die Stimmen wieder herauf, wütend.

»Ich werde mit ihnen reden«, sagt Hugo.

Nun steht er in der Küche, vor den beiden hochroten, aufgeregten Mädchen.

»Habt ihr sie mit eigenen Augen gesehen, die Weiße Frau?«

»Nein«, sagt Amy und schüttelt ihre rote Mähne. »Aber die Leute von Torteval haben sie gesehen. Sie kommt, um die Kinder zu verhexen.«

»Woher wißt ihr das?«

»Der Reverend hat es in der Kirche gesagt. Es steht in der Schrift. Eine Teufelin!«

»Ein Engel«, sagt Rosalie unter ihrem Häubchen. »Sonst wäre sie doch nicht weiß! Und die Kinder beschützt sie.«

»*Nonsense!* Katholsche!«

»Lutherische! Ketzerin!«

Ihre Augen lodern.

»Hört mir mal zu, alle beide«, sagt Hugo. »Ich kenne sie, die Weiße Frau. Wir haben letztes Jahr miteinander geplaudert. Weder eine Teufelin noch ein Engel. Nur eine sündige Seele, die in den Himmel kommen möchte.«

»Sie, Monsieur, Sie glauben wenigstens, daß es sie gibt«, sagt Rosalie. »Nicht wie Monsieur Charles. Er hat sich über uns lustig gemacht, der Gottlose!«

»Natürlich glaube ich an sie«, sagt Hugo.

Er geht wieder hinauf ins Eßzimmer. Der Lastenaufzug beginnt zu funktionieren. Nur Adèle II nimmt Tee. Der Rest der Familie bleibt, als gute Franzosen, dem Pariser Milchkaffee treu.

Hugo hat einen Bärenhunger. Große Scheiben

Brot mit Butter, dazu weichgekochte Eier. Seit dem Exil hat die Familie Geschmack am Bier gefunden, am schwarzen, bitteren *ale.* Charles trinkt zuviel davon. Er bekommt einen Bauch.

Adèle II hebt den Kopf:

»Wertester Vater, nimmst du mich im Ballon deines Freundes nach London mit?«

»Gütiger Himmel!« ruft Adèle I. »Ich hoffe nein!«

»Er ist nicht mein Freund«, sagt der werteste Vater ernst. »Er ist der Freund der Königin Victoria. Ein Materialist. Er glaubt nicht an Gott.«

»Materialist oder nicht, das ist mir egal«, sagt die Tochter. »Hauptsache, ich komme von hier weg.«

»Meine liebe Dédé, die Königin hat dich nicht eingeladen.«

Dédé zieht sich wieder in ihren Schmollwinkel zurück.

»Dabei fällt mir ein ...«, sagt Hugo. »Adèle, meine Uniform als Pair von Frankreich?«

Seine Frau breitet die Arme zum Zeichen der Ratlosigkeit aus:

»Irgendwo bestimmt, mein Freund, in einer der Kisten.«

Sie war noch nie eine besonders tüchtige Hausfrau. Jetzt, in Hauteville House, mit Truhen überall vom Keller bis zur dritten Etage, ist sie hilflos.

»Ich brauche diese Uniform«, sagt Hugo und runzelt die Stirn. »Ich würde ja meinen Anzug für die Académie Française mitnehmen, aber dazu gehört eine lange Hose. Die Königin erwartet, daß ihre Gäste in Kniebundhosen zum Diner erscheinen.«

»Aber du bist Republikaner«, sagt François-Victor. »Kniebundhosen sind nicht republikanisch.«

»Nur während des Diners. In der Gondel des Ballons werde ich, von der Hose abgesehen, Republikaner sein.«

»Es ist weniger die Kniebundhose des Meisters, die mir Sorgen macht«, sagt Vacquerie, »als der Luftballon selbst. Wie lenkt man ihn?«

»Fergusson wird schon wissen, wie. In *Napoléon der Kleine* habe ich geschrieben: Der Fortschritt ist nicht aufzuhalten. Die Materie ist das Tier, der Mensch der Dompteur.«

»Hat Lamartine«, sagt Charles, »sich nicht in einem seiner Gedichte eine Flugmaschine ausgedacht? Er hatte mir davon erzählt, als ich sein Sekretär im Ministerium war, 1848.«

»Dieser arme Lamartine, du kennst ihn ja, war schon immer von der Idee der Sünde besessen. Die Flugmaschine in seinem *Der Fall eines Engels* stand im Dienste des Bösen. Ein unschuldiges Paar wird von teuflischen Ingenieuren in den Turm von Babel gebracht. Man tut der jungen Frau alle möglichen Greuel an. Ein bißchen sadistisch, unser nationaler Schwan.«

»Fergusson«, sagt Charles, »hat von Pétin gesprochen.«

Hugo lacht:

»Ich erinnere mich. Vor fünf oder sechs Jahren, in Paris, die Begeisterung des guten Théo. In der Rue Marbeuf stellte Pétin seine Entwürfe aus und hielt Vorträge. Ein grandioses Vorhaben. Achthundert Kilometer pro Stunde. Man würde mir nichts dir nichts nach Kalifornien fliegen, so wie man einen Ausflug nach Saint-Cloud macht.«

Adèle II horcht auf:

»Ist dieser Ballon je geflogen?«

»Nie. Er ist über das Stadium des Entwurfs nicht hinausgekommen.«

»Schade«, sagt Adèle II. »Warum hast du dich nicht, statt dich am Ende der Welt niederzulassen, mit diesem Monsieur Pétin zusammengetan?«

Sie fällt wieder in Schweigen.

Drei Uhr nachmittags. Mit seinem großen Hut auf dem Kopf geht Hugo aus dem Haus. Ein langer Blick die Hauteville Road hinunter, die seine Straße geworden ist. Das angenehme Gefühl, sich zum ersten Mal in seinem Leben Eigentümer eines Hauses zu wissen. Seit 1802 diese Folge von Appartements, Gärten, Landhäusern, sogar ein Palast in Madrid, als er neun Jahre alt war, aber immer waren es gemietete, zur Verfügung gestellte, requirierte Wohnungen. Und nun, etwas oberhalb von St. Peter Port, kann Hugo dieses riesige, würfelförmige Gebäude sein eigen nennen, fünf Stockwerke, weder schön noch häßlich, nun ja, eher häßlich. Vierzehn Schiebefenster, die die eintönige Fassade durchlöchern. Aber Geduld. Man hat so seine Pläne. ›Ich habe meinen Beruf verfehlt, ich hätte Innenarchitekt werden sollen.‹

Hugo geht die enge, abschüssige, protestantische Straße hinunter. Sie ist fast menschenleer.

Provinzielle Ruhe. Man könnte meinen, in Fécamp oder Honfleur zu sein. Links eine Mauer aus bemoosten Steinen, die aussieht, als gehöre sie zum Kloster der Feuillantinerinnen. Dahinter ein Dickicht von Bäumen. Obwohl der November sie entlaubt hat, dringen von dort der feuchte Geruch eines Pariser Parks und Vogelstimmen herüber.

Während Hugo das abschüssige Pflaster hinabgeht, kommt ihm der Amtmann entgegen. Schlichter grüner Gehrock, würdiges weißes Haar.

»Einen wohlgefälligen Nachmittag, Monsieur Hjugo! Wie ist das werte Befinden?«

Hugo weiß in gesetzten Worten zu erwidern:

»Alles zur Zufriedenheit, Herr Amtmann. Wohlgefälliges Wetter, in der Tat.«

»Aber die Sonne ist gestern abend trübe untergegangen. Es wird Nieselregen geben.«

»Es ist Herbst.«

»Die *Gazette* meldet, daß William Ozanne Ihnen ein Haus hier in der Gemeinde veräußert hat. Nun sind Sie ein *landlord* geworden. Sie lieben also unsere Insel und unsere Königin?«

Er kann dem Amtmann nicht erklären, daß er in wenigen Tagen mit eben dieser *Kouihn* im *Boukingame-Palast* dinieren wird. Er begnügt sich, ihm zu sagen:

»Guernsey, kleines Land inmitten großer Geschehnisse! Sie sehen mich, Amtmann, halb seufzend, halb frohlockend.«

»Welch schöner Sprache Sie sich bedienen!«

Vor einem Jahr hatte dieser Amtmann noch nicht recht gewußt, was er von dem Franzosen halten sollte, der kürzlich mit seiner Frau, drei erwachsenen Kindern und seiner Maitresse, einer gewissen Madame Drouet, angekommen war. Ein sehr bekannter Schriftsteller, hatte es geheißen, den viele Engländer schätzten. Er war aus seiner Heimat, wo er ein *Lord* war, vertrieben worden. Dann von der Krone aus Jersey ausgewiesen. Ein Revolutionär also? Aber zwei Honoratioren aus St. Peter Port, Mitglieder der Vereinigung für Mechanik und Literatur, hatten von ihrer Paris-Reise, vier Jahre zuvor, erzählt. Und von ihrem Abend in der Comédie Française. Man spielte ein Stück dieses Victor Hjugo, den die Regierung soeben verbannt hatte. Der Prinz Louis-Napoléon verfolgte die *show* in der Präsidentenloge, und er applaudierte, *yes Sir.* Das Stück handelte von einer ehrlosen Kurtisane namens Marion. Alles recht widersprüchlich. Monsieur Hjugo, von dem es heißt, daß er Sozialist sei, der aber ein sehr teures Haus in der Hauteville Road erworben hat, ist offenbar, wie alle Franzosen, eine unbegreifliche Persönlichkeit, aber alles in allem respektabel. Sehr höflich. Er zieht den Hut sowohl vor den verheirateten Frauen wie vor den jungen *Hippen.* Und gut beisammen, wenn Sie verstehen, was ich meine. Seine Dienstmägde lassen das eine oder andere durchblicken. Was ihn aber nicht hindert, religiös zu sein. Er geht nicht in die Kirche, aber gegenüber den Kunstmalern und Stukkateuren, die bei ihm arbeiten, spricht er von Gott. Zum Seneschall von St. Sampson, einem Mann von Bildung, hat er gesagt: »Gott, heilige Silbe, die am Grunde aller Dinge geschrieben steht.« Das ist nicht gerade klar, aber schön. *A real gentleman*, obschon Franzose, dieser Monsieur Hjugo.

Der *real gentleman* ist, wie jeden Tag, vor einem schmalen Steinhaus angekommen, La Fallue, in dem er seine alte Maitresse untergebracht hat. Er pocht an den *Hû*. In der Sprache des Festlandes: Er klopft an die Tür.

Die alte Suzanne öffnet. Heute, unter ihrer Haube, eine seltsame Miene.

»Ist Madame da?«

Suzanne begnügt sich mit einer Geste, die zur Tür des Salons weist.

Juliette sitzt im Sessel und liest. Er umarmt sie mit seinem Blick, die arme liebe Fünfzigjährige, ihre weißen Locken, die ihr in den Nacken fallen, ihr Kleid aus schwarzer Seide, dessen Rock sich über das Kanapee breitet. Dreiundzwanzig Jahre, die sie zusammen sind und die er sie betrügt. Gott, war sie schön, 1833!

Juliette hat die Augen gehoben, blickt wieder auf ihre Lektüre. Gekränkt? Was haben sie heute nur, alle diese Frauen?

»Stimmt etwas nicht, Juliette?«

Nach drei Sekunden Zögern überwindet sie sich:

»Deine Weiße Frau. Das ist nicht gut, Toto, das ist nicht gut!«

»Was, meine Weiße Frau?«

»Suzanne hat auf dem Markt mit deinen Dienstmädchen gesprochen. Sie haben ihr alles erzählt.«

»Was erzählt?«

»Daß du diese Weiße Frau kennst. Eine Sünderin. Toto, du hast mich wieder betrogen.«

Toto lacht laut auf.

»Ein Phantom, meine Liebe, ein Geist! Eine gefangene Seele, der es nicht vergönnt ist, den Weg in den Himmel zu finden! Man muß für die Weiße Frau beten!«

»Oh, dann werde ich beten!« sagt Juliette, die sogleich wieder strahlt.

Sie wirft sich in seine Arme. Sie umarmen sich. Sie leidenschaftlich, er etwas reservierter.

»Suzanne! Komm her! Es hat sich alles geklärt. Wir werden beten müssen.«

»Da bin ich aber froh«, sagt Suzanne. »Wir haben eh schon Ärger genug.«

»Welchen Ärger?« fragt Hugo.

»Im Exil zu leben. Und dann die Fenster. Diese unerträglichen englischen Fenster, die der Teufel erfunden hat.«

»Die Stadt St. Peter Port«, doziert Hugo, »hält der Königin, der Bibel und den Schiebefenstern die Treue. Laß uns spazierengehen, Juju.«

Sie sind kaum draußen, auf der Türschwelle:

»Die Hausiererin!« sagt Juliette.

Ein Frauenzimmer in einem roten Rock, das seine Ware feilbietet. »Eine hübsche Schürze, Madame?«

Juliette zögert. Suzanne braucht tatsächlich eine neue Schürze.

»Mit zwei ordentlich tiefen Taschen, und recht wohlfeil!«

Unter dem mißbilligenden Blick Hugos, der diesen kostspieligen Aufwand verabscheut, kauft Juliette die Schürze und reicht sie Suzanne. Dann hängt sie sich bei Toto ein.

»Wo führst du mich hin?«

»Zur Havelet-Bucht.«

Sie gehen die Hauteville Road hinunter, biegen in die Cornet Street ein, an der Kirche von St. Peter vorbei. Zur Rechten das Meer und der Hafen. Die Fischerboote drängen sich aneinander. Überall knarrt es, bewegt sich, schwankt mit der steigenden Flut. Dazu der Geruch von Tang und Teer, der sich in den jodhaltigen Hauch des Meeres mischt. Die Möwen ziehen unermüdlich über den Himmel hin und her mit ihrem Geschrei.

»Wann soll das sein, Toto, dieser Aufstieg mit dem Ballon?«

Er zählt an den Fingern ab.

»Ein, zwei, drei, vier, fünf, sechs Tage. Nach Sonnenuntergang. Wenn das Wetter günstig ist.«

Ihr Arm, an dem des Mannes, bebt:

»Wenn du dort oben bist, wirst du an die arme Juliette denken, die dich von der Erde aus am Himmel suchen wird?«

»Ich werde Heerscharen von Engeln begegnen. Sie werden das Bild von dir, das ich im Herzen trage, erkennen.«

In der Bucht, am Ende der Mole, nimmt sich die Masse von Castle Cornet wie eine mittelalterliche Burg aus. Der alte Burggraf schreitet stumm dahin, die schweigende Frau an seiner Seite. Zur Stadt hinaus schlängelt sich der Weg zwischen Wiesen dahin. Das Gras von Guernsey! Als Untergrund der Granit, der Ozean als Gießkanne. Goldschwingel und Rispengras wie in Frankreich, aber auch Cynodon, Raigras, Himmeldau, Lieschgras und Andropogon. Wundervolle Namen. ›Ich werde sie in einem Buch verwenden müssen.‹

Die alte Maitresse stützt sich auf den starken Arm des Mannes. Das Gehen fällt ihr schwer. Auf dem Pariser Pflaster der Cité Rodier flanierte es sich leichter als auf diesen Feldwegen.

»Mein Herzallerliebster, als du mir damals das Manuskript von *Gott* zum Übertragen gabst, habe ich einige Seiten für mich abgeschrieben. ›Aufstieg in der Dämmerung‹, du erinnerst dich? Du sagtest:

Und höher steigend, immer höher, flog ich fort . . .

Und an anderer Stelle:

Ich stieg, und unter meiner Fersen Flügel ließ
Den Abgrund ich weit unter mir zurück . . .

Du wußtest also, daß du eines Tages davonfliegen würdest?«

»Wohl wahr«, sagt Hugo, »wohl wahr. Poeten, Propheten.«

Sie schmiegt sich an ihn:

»Du wirst also in deinem Gedicht aufsteigen, mein Angebeteter, um bei dieser guten Königin wieder hinabzusteigen, die mir lieb ist, weil sie dich liebt.«

Etwas, das sie zu unterdrücken sucht, aber dann muß es doch heraus:

»Du wirst mich in London doch nicht betrügen, Toto?«

»Dich mit diesen puritanischen, plattbrüstigen Engländerinnen betrügen?«

Juliette lächelt:

»Es gibt auch Puritanerinnen, die nicht platt sind.«

»Kleines Gedicht zu Nutz und Frommen der Londoner Damen:

Die Lady von Ehre, getreu britischem Kodex,
Verzichtet auf Busen und verkneift sich den Podex . . .«

»Na gut«, sagt Juliette und wird rot, »dann bin ich, was das betrifft, weder Lady noch ehrenhaft gewesen.«

»Dich betrügen, teure Seele? Du überstrahlst meine Jugend, die dahin ist, du leuchtest über meinem Grab, das offen steht.«

»Schweig still! Gott wird mir vielleicht die Gnade erweisen, mich als erste sterben zu lassen.«

Sie hängt schwer an seinem Arm. Er schüttelt sie ein wenig.

»Außerdem«, sagt er unwirsch, »wer weiß, ob ich überhaupt abreisen kann? Man hat meine Uniform als Pair von Frankreich verbummelt, die ich dort anziehen muß, zum Diner.«

»Das ist doch nicht möglich!«

»Die Unordnung in diesem Haus! Sie hat noch nie Ordnung halten können. Sie hat noch nie eine Vorstellung davon gehabt, was das alles kostet. Wenn ich nicht gewissenhaft Buch führen würde ...«

Juliette kann sich den Anflug eines Lächelns nicht verkneifen:

»Ich weiß, daß du alles gewissenhaft nachführst. Und das ganz zu Recht, mit dieser Familie und mir, die du unterhältst. Victor, mein Erzengel, ich bewundere dich.«

Sie haben die Bucht erreicht. Ein fahler Strand unter der schrägstehenden Sonne. Mit der aufkommenden Flut belecken kleine, aggressive Wellen den Sand.

»Oh! Schau mal!« Sie bückt sich, pflückt eine Blume: »Erinnerst du dich, im Sommer 54, auf Jersey? Du sagtest, ich kann es auswendig,

Ich denke, lausche dem Seufzen des Windes und schaue
Der Wellen unüberwindliches Band;
Der Sommer lacht, und überall finden sich blaue,
Blühende Disteln im Dünensand ...«

»Nun, wie du siehst, sterben die blauen Disteln nicht vor dem Winter.«

»Und das Meer ist nicht mehr unüberwindlich.«

Er blickt in die Ferne:

»Gestern fiel ich wie ein Stein auf diese Insel. Morgen werde ich von dieser Insel davonfliegen wie ein Vogel.«

III

In der Luft

SEIT einer halben Stunde schon hört das Blinksignal nicht auf, über der Insel aufzuleuchten, zu erlöschen und von neuem aufzuleuchten. In der Hauteville Road steht der Einspänner bereit. Hugo und Charles brauchen nur hineinzuspringen. Ein guter Kutscher, Charles. Dreißig Minuten später haben sie Pleinmont erreicht.

Der Vollmond taucht den verschwiegenen Steilhang in ein milchiges Licht. Verloren in dieser Einöde steht das Haus aus Granit inmitten der Brennesseln, die Türen und Fenster zugemauert.

»Da oben, schau«, sagt Charles, »da ist er!«

Die beiden Männer warten auf der Schwelle des Hauses, die Reisetasche zu ihren Füßen. Der Karren steht ein paar Schritte entfernt, bei dem Pferd, das träge grast. Ein Windhauch treibt weite Wellen durch das Gras, gleich dem Rücken eines Tieres, über den das Mondlicht sanft hinwegstreicht. Das Auge folgt der silbernen Drift und begegnet hoch oben, dort, wo Charles es eben erahnt hat, einem ganz mit Weiß übergossenen Etwas. Die Erscheinung sinkt herab, wird größer, eine längliche Silhouette in einem wehenden Hemd.

»Die Weiße Frau«, sagt Charles halblaut. »Die

Weiße Frau der Leute von Torteval! Sie haben sich nicht getäuscht. Es gibt sie wirklich! Nur daß sie keine Weiße Frau ist.«

Sie sinkt herab, immer weiter, eine hohe, gestreckte Form, den Kopf hoch erhoben über dem flatternden Hemd. Ganz Torteval steht jetzt gewiß am Fenster, gruselt sich und klappert mit den Zähnen.

»Wertester Vater«, sagt Charles, »erinnerst du dich, was Fergusson uns erzählt hat? Letztes Jahr, bevor er Guernsey auskundschaftete, hatte er Jersey aus der Luft erkundet. Die Weiße Frau ist von einer Insel zur anderen gehüpft. Zwanzig Seemeilen, was ist das schon für ein Phantom?«

Zweihundert Meter vor ihnen schwebt die Gondel über den grasbewachsenen Boden. Darüber der halb gefüllte Ballon. Das Scharren des Ankers auf der Erde. Die Gondel kommt in sanftem Gleitflug näher, streift das Gras, kommt zum Stillstand. Blendend ergießt sich ein Lichtbündel über die Brennesseln von Pleinmont.

»Christ!« sagt Charles. *»Chr -aist!«*

Garstige Gotteslästerung, die der werteste Vater nicht gern hört. 1848 hat Charles vom Schwan der Romantik Privatstunden in englischen Flüchen erhalten. Im Exil hat er dazugelernt.

Das Lichtbündel sucht das Gelände ab, entdeckt die beiden Männer, die dort stehen. Eine Stimme ruft auf Französisch: »Hierher, Maître!«

Charles hat die Reisetasche ergriffen. Sie gehen auf das Licht zu. Ein junger Mann mit mächtigem Vollbart und Schnäuzer springt aus der

Gondel, klammert sich mit der einen Hand an die Seile und fordert Hugo mit der anderen auf, über den Korbrand zu steigen.

»*Welcome aboard*, Monsieur Hjugo«, sagt die Stimme Fergussons, die aus einem elektrischen Feuerwerk zu kommen scheint.

In den Händen hält der Engländer zwei spitze Gegenstände, die sich fast berühren und zwischen denen der grelle Lichtbogen aufleuchtet. Er läßt sie sinken und die milchige Nacht senkt sich wieder über Pleinmont. Charles reicht die Reisetasche an, der Bärtige klettert über den Korbrand. *»Up we go!«* sagt Fergusson. Ein Sack Ballast plumpst ins Gras. Hugo spürt, wie ihm das Gewicht seiner Eingeweide in die Fersen sackt. Charles bleibt allein und mit erhobenen Armen am Grunde eines Schachtes zurück, der sehr rasch tiefer wird.

»Ich freue mich, Monsieur Hjugo, Sie an Bord der *Victoria* willkommen zu heißen.«

»Wenn Sie erlauben, wird die *Victoria* für mich die *Weiße Frau* sein.«

Eine unerwartete Stille. Nicht ein Windhauch. Da unten, in der Tiefe, die Flügel der Mühle von Torteval, die im Mondlicht zu einem Strauß weißer Federn geworden sind, das dunkelblaue Tuch des Meeres, von Gischt gesäumt und von einer silbrigen Diagonale durchzogen.

»Diese Stille!« sagt Hugo, während er sich zu den beiden Männern umdreht. »Ich hatte das Brausen des Windes erwartet, ein apokalyptisches Tosen.«

Der Bärtige mustert Hugo eindringlich:

»Maître«, sagt er, »ein Freiballon steht im Verhältnis zu der Luft, die ihn umgibt, immer still. Nicht er bewegt sich, sondern die Luftmasse selbst.«

»Ein Landsmann von Ihnen, Monsieur Hjugo«, sagt Fergusson. »Darf ich Ihnen Mr. *Dschuhls Vöhrn* vorstellen?«

»Jules Verne«, sagt der junge Mann.

»Monsieur Verne! Ich habe einen Roman von Ihnen gelesen, der in einem Ballon spielt.«

»Meine erste Veröffentlichung! Und ich konnte es kaum erwarten, Victor Hugo kennenzulernen. Samuel Fergusson war so freundlich, mich mitzunehmen, um ihm beim Manövrieren zu helfen.«

»Höhe achtzehnhundert Füße«, verkündet der Engländer.

Die Insel mit der Brandung ringsum gleicht einer großen Auster in einem Bett aus Tang. Weiter draußen Sark und ihre kleinen Nachbarinseln, Herm, Brecqhou. Der Ballon steigt hinauf zum Sternenhimmel.

Die Gondel hängt an ihren Tragseilen. Oberhalb des Korbrings nimmt man die gewaltige Ausdehnung des Ballons wahr, den das Licht des Mondes umspielt. Auf den Tisch, der mit dem Boden verschraubt ist, hat Verne eine Carcelsche Öllampe gestellt, die ein bescheidenes Licht verbreitet. Das Weiß des Mondes, das Gelb der Lampe, ein schemenhaftes Dekor raunender Geister. Seit Jersey sind Hugo die umherirrenden Seelen vertraut. Irgendwo in den Tiefen des unendlichen Raums gibt es einen Himmel und eine Hölle. Einen Abgrund, in den seit Tausenden von Jahren, ohne Unterlaß, Satan hinabstürzt. Ein Himmelszelt, unter dem Gott am Ende aller Zeiten die versöhnte Menschheit empfangen wird und auch den Leibhaftigen selbst. Hier, in der Gondel der *Weißen Frau*, ist man im Vorhimmel.

Fergusson führt die Gondel vor. »Die *conveniences*, Maître, in diesem Verschlag. Hier die Schlafkabine, aus leichtem Holz gebaut, wasserdichte Leinwände, innen ausgekleidert mit Samt. Schon zweimal (aber das ist ein Geheimnis, Maître!) Königin Victoria hat darin übernächtigt, als Regen und Sturm sie verhinderten, etwas zu sehen. Die Arme, *no chance!* Hoffen wir, daß wir diese Nacht mehr gutes Glück haben!«

Apparate aus Metall, Kästen aus bläulichem Stahl, Schläuche, Skalen, schlangenförmige Rohre, die sich zu der dunklen, schwankenden Masse des Ballons emporwinden. Der scheint da oben zu beben wie der Bauch eines Tieres, ergreifend, beruhigend. Unter diesem Bauch, genau über der Gondel, hängt ein Fortsatz herab, wie ein Gemächt, ein starrer Füllansatz, der hin und her pendelt. Eine Leine führt von dort herab.

»Die Ventilleine«, sagt Verne. »Fergusson wird Ihnen den Rest erklären.«

Fergusson ist gerade mit seinen Skalen beschäftigt. Er dreht sich um.

»Nun, Monsieur Hjugo, was sagen Sie zu meine *Victoria?*«

»Ich sage, Monsieur Fergusson, daß ich eine heilige Reise antrete. Der Schwerkraft enthoben schwebe ich fort in die Zukunft!«

Auf den schmalen Lippen des Engländers ein unergründliches Lächeln. Diese Poeten! Diese Franzosen!

»Denn Sie repräsentieren die Zukunft, Fergusson! Sie sprengen die Grenzen! Nie wieder Haß! Und Kriege undenkbar! Der ungeheure Schwung des Fortschritts dem Himmel entgegen!«

»Gebe es Gott!« sagt Verne.

»Mehr Zuversicht, junger Mann! Ihre Generation wird Großes schauen. Den universellen Frieden zwischen den Völkern. Morgen vielleicht, Monsieur Fergusson, die Vereinigten Staaten von Europa.«

»Von mir aus. Ohne England.«

»Nein, nein! Mit England! Mag es ein wenig von seinem Inseldasein aufgeben!«

»Wir gestatten die Franzosen, in China an unsere Seite zu kämpfen«, sagt Fergusson liebenswürdig. »Ist das nicht genug?« Er nimmt Hugo am Arm, führt ihn zum Tisch, breitet eine Karte aus: »Hier ist Guernsey, Sie sehen, Monsieur Hjugo? 49 Grad 27 nördliche Breite, 2 Grad 35 westliche Länge. Unsere Flugrichtung: Nordnordost. Haben Sie einen Blick nach Backbord: dieses Licht im Westen, das *lighthouse* der Casquets ...«

»Prächtiger alter Leuchtturm. Ich habe eine sehr schöne Tuschzeichnung davon gemacht.«

»Vor uns die *Alderney Islands.*«

»Die Inseln von Aurigny.«

»Wir werden sie überfliegen. Steuerbord, im Osten, die Landzunge von La Hague.«

»Mein Land.«

»Hinter Alderney, noch neunzig nautische Meilen über den *Channel*.«

»Über den Ärmelkanal.«

»Je nach dem Wind, ich schätze wir werden ankommen entweder am *lighthouse* von Anvil Point, Dorset, 50 Grad 35 nördliche Breite, 1 Grad 59 westliche Länge, oder am Leuchthaus von St. Catherine Point, Isle of Wight, gleiche Breite, 1 Grad 18 westliche Länge. Und dann über englische Erde, Portsmouth, Surrey und London. In dem Moment, Höhe zweitausend Füße.«

»Sie haben also herausgefunden, wie man einen Ballon lenken kann?«

»Es geht nicht um ihn zu lenken, es geht um ihn zu bewegen, von unten nach oben, von oben nach unten, ohne Gas zu verbrauchen. Und zu finden einen günstigen Seitenwind.«

»Aber die Lösung dafür ist noch nicht gefunden.«

»Ich bitte Ihre Verzeihung, sie ist gefunden.«

»Von wem?«

»Von mir, mit der Unterstützung und dem Einfallsreichtum von *Vöhrn*.«

»Samuel Fergusson und ich«, sagt Verne, »haben uns 1851 kennengelernt, in Paris, bei Monsieur Arago. Zusammen haben wir erfunden, was dem armen Pétin gefehlt haben dürfte.«

Fergusson zeigt mit dem Finger auf die Apparatur, die einen Teil der Gondel einnimmt.

»Ein Wassertank. Ein *Bunsen element.* Ein Behälter, in dem sich die Gase mischen, die entstehen aus der Zersetzung des Wassers. Ein Brenner. Der Wasserstoff erhitzt sich, ein Schlauch leitet ihn in den oberen Bereich des Ballons. Das Volumen der Gase vergrößert sich. Der Ballon steigt. Wenn man den Brenner kalt werden läßt, sinkt er wieder.«

»Man mußte nur darauf kommen«, sagt Verne.

»Wir sind in eine *sou'wester* Strömung, die uns nach London trägt, so Gott will.«

»Gott will nicht immer«, sagt Verne.

»Und das Licht, das uns vorhin geblendet hat?«

»Die leitenden Drähte des Bunsen-Elements, zwei gespitzte Kohlestäbe, ein elektrischer Funke.«

Hugo schlägt sich an die Stirn:

»Jetzt verstehe ich ... Letztes Jahr, auf Jersey ... Wir hatten Tische gerückt, müssen Sie wissen ... Eine Botschaft aus dem Jenseits, die mir rätselhaft geblieben ist ... Warten Sie, ich versuche, mich zu erinnern ...

Die Vogelfängerin der Luft knüpft elektrische Fäden
Um die dunklen Klauen des Geiers ...

Der Geist sprach in Versen. War das nicht prophetisch?«

»Mein Ballon ist kein Geier, Monsieur Hjugo.«

»Es mußte sich auf *wallenden Schleiers* reimen. Dichter und Geister kennen diese Zwänge.«

Es ist kälter geworden. Und dieses seltsame Gefühl in den Ohren. Die Höhe wahrscheinlich.

Jules Verne stellt eine dampfende Kaffeekanne auf den Tisch.

»Wie viele Stück Zucker, Maître?«

»Vier, bitte.« Hugo schlürft den kochendheißen Kaffee. Das wärmt. Er lacht; gerade ist ihm ein Gedanke durch den Kopf gegangen: »Das ist das erste Mal, daß ich meinen Kaffee in einer Höhe von ... wie hoch sind wir jetzt, Monsieur Verne?«

Drei Schritte zum Höhenmesser:

»Zweitausendzweihundert Fuß.«

»... mitten in der Luft, in einer Höhe von zweitausendzweihundert Fuß zu mir nehme. Wenn ich mir vorstelle, wie es wäre, eine ... Verstehen Sie, was ich meine? Hat Fergusson jemals eine Frau in seinem Ballon mitgenommen?«

»Abgesehen von der Königin, nicht daß ich wüßte«, sagt Verne. »Samuel Fergusson interessieren diese Dinge nicht. Was er sieht, sind Längen- und Breitengrade.«

»Und Sie?«

»Für mich ist es vor allem die Weite, der Geruch der Weite. Eine Geste, die hundertachtzig Grad umfaßt: Diese Wolken, die sich gerade bilden. Der Mond und die Sterne werden sich verhüllen. Wir werden uns in der Dunkelheit verlieren, zwischen dem Leuchtturm von Aurigny/Alderney, der entschwunden ist, und dem von St. Catherine Point, der noch außer Sichtweite ist. Die Nacht, die wirkliche Nacht, die Erkundung der Nacht ...«

»Auch Sie sind ein Dichter, Monsieur Verne.«

Er steht, die Hände auf dem Rand des Korbes. Eine tiefe Freude durchströmt seinen Leib. Er ist eins mit diesem Ballon, der ihn entführt und den Raum erobern läßt, der die Anti-Schwerkraft ist, die ihn emporträgt, auch wenn ihn die bedrückenden Bilder des Alltags hinabziehen möchten, die der beiden eigensinnigen Adèles, der untätigen Söhne, der zu alt gewordenen Juliette, der gemeinen Wollust der Morgenstunden. Eine Freude, die anders ist als das Hochgefühl des Künstlers oder der furiose Rausch des Orgasmus. Eine kosmische Freude, sagt er sich, dieselbe, die Orpheus oder Simon Magus beflügelte, Jubel, Leichtigkeit, die einen ganz ergreift, nicht endenwollende Levitation. Vergangenen April, als er das Poem *Gott* beendete, war es die Beschreibung eines Aufstiegs in die Finsternis, die den heutigen vorwegnahm, aber seine Verse, das wird ihm an diesem Abend ganz deutlich, sind zu abstrakt, eine philosophische Wanderung von einem Symbol zum nächsten, von der Fledermaus zum Engel, vom Atheismus zum Licht ... Nein, nach der Erfahrung dieser Nacht wird er *Gott* nicht mehr veröffentlichen können, er wird es bei seinen Unterlagen lassen.

Die Sterne sind verschwunden, die Nacht ist schwarz, eine Schwärze, die sich öffnet und in der sich Perspektiven auftun; Dinge ziehen vorüber, eine flüchtige Berührung, Flügel. Ein Engel? Oder die Wesen, die letztes Jahr auf Jersey durch die Tischbeine zu ihm gesprochen hatten? Bist du es, Jean-Jacques? Bist du es, Sokrates? Bist du es, Léopoldine, meine liebe Tochter? Die Nacht ist ein Ozean von Seelen.

Ihn schaudert.

»Ist Ihnen kalt, Monsieur Hjugo?« fragt Fergusson besorgt. »Möchten Sie ein Wolldeck, oder ausruhen in die Kabine?«

»Kann einem kalt sein, wenn man betrachtet, was ich betrachte? Homer hat dergleichen nicht gesehen. Vergil nicht. Und auch nicht Shakespeare.«

»Wir würden es uns nicht verzeihen«, sagt Verne, »wenn der Dichter, der der Homer, der Vergil und der Shakespeare unserer Zeit ist, sich eine Lungenentzündung holte.«

Während Hugo nun doch eine Strickweste überzieht, prüft Fergusson seine Apparate:

»Ich bedaure, Gentleman, aber unser *sou'wester* hat sich gelegt. *Dead calm.* Ich werde etwas höher einen anderen Wind suchen. *Hold tight,* wir werden steigen, halten Sie sich fest.«

Er hantiert an seinem Brenner. Hugo klammert sich an das Geländer. Zum zweiten Mal dieses Gefühl in den Eingeweiden, welches ihm verrät, daß das Luftschiff aufsteigt.

Die Stimme des Engländers umkreist die Carcelsche Lampe:

»Vor den Küsten Frankreichs die Winde sind wechselhaft, niemals beständig. Wie die Politik Ihres Landes, Monsieur Hjugo.«

»Mag sein. Na und?«

»Urplötzlich«, sagt Verne, »trägt es einen rasend schnell davon. Es gibt Orkane, die schneller als zweihundertvierzig Meilen in der Stunde sind.«

»Der Wind, Sphinx der Unendlichkeit! Das ist etwas, das Guernsey mir offenbart hat. Könnte ein Ballon diesen Geschwindigkeiten standhalten?«

Der junge Mann zieht ein Notizbuch aus der Tasche:

»Hören Sie, Maître! Das war im Krönungsjahr Napoleons, 1804.«

»Der Gott, der den Teufel gezeugt hat.«

»Der Luftschiffer Garnerin ließ von Paris aus, um elf Uhr abends, einen Ballon aufsteigen, der in goldenen Lettern die Aufschrift trug: ›Paris, 25. Frimaire des Jahres XIII, Krönung des Kaisers Napoléon durch Seine Heiligkeit Pius VII ...‹«

»Das wird der gute Papst teuer bezahlen müssen. Aber er hat es verdient.«

»... Am nächsten Morgen sahen die Einwohner Roms, wie der nämliche Ballon über den Vatikan hinwegschwebte und auf dem Lago di Bracciano niederging.«

Fergusson verkündet:

»Höhe viertausendfünfhundert Füße. Nicht nötig, Garnerin zu bemühen. Ich habe das gleiche *experiment* vergangenen Mai gemacht.«

Er schüttelt den Kopf, den die Carcelsche Lampe gelblich färbt.

»Was für eine Nacht, Gentlemen! Mitten im

Sturm! Mit zwei Frauen und einem Neugeborenen in der Kabine!«

Hugo und Verne entfährt es wie aus einem Munde:

»Einem Neugeborenen!«

»Der Arzt des Hofes hatte mir, streng vertraulich, einen Auftrag der guten Königin übermittelt. Dreihundertfünfzig *miles* von London, in ein Dorf in der Gegend von Hannover – man erwartete es dort – ein Kind zu transportieren, dem eine *lady-in-waiting* soeben ... *give birth* ... Geburt gegeben hatte ...«

»Eine Ehrendame«, sagt Verne.

»... des Hofes, ja. Die gute Königin wollte retten ...«

»Die Ehre der Ehrendame retten«, sagt Hugo.

In der Ferne hat ein Blitz den Himmel erleuchtet.

»Versetzen Sie sich in meine Lage, Gentlemen, in dieser Gondel, mit dem Kind, dem deutschen Kindermädchen und der Vorlesedame der Königin, einer Französin, wenn wir hätten gehen müssen nieder in Belgien oder in Frankreich. Der Orkan hat uns mitten über dem *Channel* gepackt. Mehr als achthundert Meilen direkt nach Südosten mitgerissen. Die ganze Nacht über zentrales Europa, sagte der *compass.*«

»Hübsche Fügung für ein Neugeborenes!« sagt Hugo. »Seine erste Nacht hoch in den Lüften!«

»Er war nicht glücklich, der arme Kleine. Die beiden Damen sagten: Er wird sterben. Am Morgen haben wir eine große Stadt übergeflogen. Vielleicht Praha.«

»Prag«, sagt Verne.

»Über dem austro-ungarlichen Kaiserreich.«

Mehr Blitze.

»Und dann Berge. Der Wind hatte aufgehört. Ich konnte landen auf einer Waldeslichtung, nahe einem großen Marktfleck. Die beiden Damen sind mit dem Säugling fortgegangen, einen Arzt suchen. Sie sind zurückgekommen. Das Kind lebte. Sie hatten es in einer Familie in der Stadt gelassen. Ich habe den Namen des Platzes vergessen. In Mähren. Was für eine Reise!«

Noch mehr Blitze. Über dem Korb zieht sich die Tafthülle zusammen, wie von einer unsichtbaren Hand zerknüllt. Ein beißender Hauch mit einem Geruch von faulen Eiern schüttelt den Ballon, als hätte er den Schluckauf. Mit der Lampe in der Hand liest Fergusson seine Instrumente ab.

»Gentlemen, wir haben schlechtes Glück. Dieser Geruch, den kenne ich. Wie im Mai!«

»Ein Orkan«, sagt Hugo. »Ah, das würde mir gefallen!«

Das Luftschiff bebt, zögert. Die Engel und die Seelen haben sich zurückgezogen. Ein Augenblick trügerischer Ruhe. Unschlüssig schwankt der Raum auf dieser Schwelle zwischen Gut und Böse. Das war der Moment, in dem Nimrod, auf seinem Kampfwagen mitten im Himmel, sich für das Böse entschied.

Die Gondel schaukelt. Die Reisetasche mit

dem Rock des Pair von Frankreich rutscht über den Boden.

»Monsieur Hjugo, ich glaube, Ihnen kann geholfen werden.«

»Ist das der Sturm?«

»*Yes, Sir.*«

»So trage er uns fort!«

Ein flüchtiges Bild schiebt sich vor seine Augen. Man findet seinen Leichnam, von den Wellen an einen Meeresstrand gespült. ›Das grandiose Ende des Dichters! Victor Hugo von einem Wirbelsturm geradewegs gen Himmel entführt!‹ Frankreich ist erschüttert. Weinende Frauen, die beiden Adèles, Juliette, Léonie, George Sand, Esther, Alice, die Mädchen von Jersey und Guernsey. Trage mich davon, o Sturm!

Doch zugleich weiß er genau, daß er nicht entführt werden und daß er aus diesem Sturm Literatur erschaffen wird.

IV

In der Luft

DER Wind walkt die Wolken, schnappt nach ihnen, schüttelt sie und reißt sie in Fetzen. Unter dem zuckenden Mond prallen übermenschliche Kräfte aufeinander, ein kosmisches Schlachtfeld. In der vom Aufruhr gepeitschten Gondel knarrt das Weidengeflecht, die Ballastsäcke schaukeln hin und her, die Kaffeekanne rollt über den Boden. Fergusson geht von Apparat zu Apparat, vom Brenner zum Wasserkanister, vom Mischbehälter zum Schlangenrohr, berührt, betastet, sichert, liest den Kompaß ab, das Barometer, prüft die Ventilleine, den Höhenmesser, den Füllansatz. Bange Minuten. Sobald man im Zentrum des Orkans ist, wird es ruhiger werden. Bis dahin kauert man im Inneren einer Geige, an deren Saiten der Sturm zupft. Schreiben wir das nieder, sagt sich der Poet:

Musik und Gesänge im Äther erklingen,
Bringt Boreas die Taue und Leinen zum Schwingen . . .

Und nicht nur Musik. Die verlorenen Seelen.

Harfen, durch deren vibrierende Saiten
Flüchtende Seelen ins Dunkel entgleiten . . .

Blitze in rascher Folge, gewaltige Kanonenschüsse.

»Wie der Krieg der Welten, nicht wahr?« sagt Verne, der neben dem Maître steht und wie er die Seile umklammert.

Der Krieg. Mein erster Krieg, sagt sich Hugo. Das ist seltsam. Eine Familie von Militärs, der Vater Divisionsgeneral, Onkel Louis Brigadegeneral, Onkel François Major der Infanterie, und ich, abgesehen von den paar Schüssen, die ich in Spanien hörte, als ich neun war, ich habe noch nie den Krieg erlebt. Jede Menge Kanonen, Trompeten, Soldaten in meinen Werken, aber heute abend mein erstes Gefecht. Selbst auf dem Schlachtfeld bei Eylau hatte Onkel Louis ein solches Getümmel nicht erlebt. ›Eine Schlacht, pah! Wissen Sie, was das ist? Schall und Rauch!‹ Von den einhundertzwanzig Männern des Hauptmanns Hugo – 1806 war er noch Hauptmann – starben einhundertsiebzehn im Pulverdampf, noch ehe sie etwas gewahr wurden. Hier ist es anders. Was würde er sagen, der Onkel Louis, heute abend, beim Anblick dieses zyklopischen Kriegsschauplatzes? Elefanten im Kampf mit Kolossen, Kavallerieausfälle, umzingelte Türme, erstürmte Festungen, unstete Finsternis, die sich zusammenballt, Ungetüme, die bizarr sich vermengend neue Monster gebären. Der Ozean des Himmels ist der Abgrund in der Höhe. Diese Donnerschläge tragen die Stimmen von Schauspielern herüber, die ihren Part auf anderen Planeten spielen, das große Welttheater der Urzeit, in dem Engel und Dämonen einander gegenüberstehen. Satan der Abtrünnige wütet in unvermindertem Zorn; noch ist ihm nicht vergeben.

Die unerschütterliche Stimme des Engländers:

»Schöne Wolkensuppe.«

»Das ist keine Suppe, das ist das Theater Gottes.«

»Wie im letzten Mai! Tut mir leid. *So sorry.*«

Eine in Bedrängnis geratene Wissenschaft kapituliert vor der sinnlos entfesselten Natur.

»Der Wind dreht, Monsieur Hjugo. Wir werden ankommen in London sehr spät.«

»Wenn wir dort ankommen«, sagt Verne.

»Die Königin wird Verständnis haben«, sagt Hugo.

Er schaut den beiden Männern zu, die schon Flugerfahrung haben. Er, der Dichter, der zum ersten Mal zwischen Himmel und Erde ist, berauscht sich am Ammoniakgeruch der von Elektrizität gepeitschten Luft. ›Mir soll es recht sein!‹

Die Gondel hat sich einigermaßen stabilisiert.

»Viertausend Füße«, sagt Fergusson. »Der *compass* sagt hundertundachtzig Grad Verkehrtwendung. Südsüdwest statt Nordnordost. Bald über der Bretagne. Und dann? *Who knows?*«

»Auch gut«, sagt Hugo.

Ein leichtes lyrisches Tremolo läßt die Stimme von Jules Verne erzittern:

»Ich kenne *Hernani* auswendig, Maître:

Wen kümmern die Wolken, die vor uns sich türmen,
Um Blitze verschleudernd vorüberzustürmen?«

»Es scheint, als hätte mich der Gedanke schon damals beschäftigt.«

»Heute abend ist die Bühne größer als im Théâtre-Français.«

»Aber kaum lärmender.«

»Schon ein Uhr morgens«, sagt Fergusson. »Wir sind im Auge des Sturms. Die Luftmassen schieben uns vor sich her. Im Inneren des Orkans wir haben Ruhe ...«

»Von etwaigen Luftlöchern abgesehen«, sagt Verne.

»Ich werde ausruhen bis drei Uhr. *Dschuhls*, Sie haben das Kommando an Bord. Haben Sie eine Kleinigkeit zu essen.«

»Und zu trinken«, sagt Hugo.

»Wir werden den *Channel* verlassen. *So long.*«

Er kriecht unter das Zelt. Hugo lacht:

»Der *Channel*! Der *Channel*! Selbst das Meer wollen sie anglisieren.«

»Sie mögen die Engländer nicht, Maître?«

»Sie gehen mir auf den Senkel, wie mein Freund Balzac zu sagen pflegte. Auf Jersey, auf Guernsey, bei jeder Gelegenheit: die *Kouihn*! Die *Kouihn*! Ein richtiges Katzenkonzert. Selbst ihr Shakespeare, ganz unter uns, regt mich auf. *Schexpire!* Das hört sich an wie ein Auvergnat, der sein Leben aushaucht: *J'expire!*« Einige Zeit später: »Jedesmal, wenn ich über Shakespeare schreibe, meine ich in Wirklichkeit mich!«

Noch eine Pause:

»Übrigens gestehe ich Ihnen lieber gleich, daß ich ihn nicht gelesen habe.«

»Kommen Sie, mein lieber Maître, essen wir zu Abend. Ich bedaure, daß die Gebräuche an Bord uns nicht erlauben, Wein und Schnaps mitzunehmen. Fergusson trinkt nur Tee. Sie werden sich bei Victoria schadlos halten.«

»Die Königin trinkt Wein?«

»Wein und anderes. Sie werden nicht verdursten.«

Fergussons Schnarchen dringt schon aus der Kabine.

»Mein lieber Verne, ich bin, wie jeder weiß, ein Umstürzler, der sich gegen die Gesetze auflehnt. Nachdem ich mich schon rhetorisch versündigt habe, kann ich auch gegen Fergussons Regel verstoßen. Hier in meiner Reisetasche habe ich nicht nur den Rock des Pair von Frankreich, sondern auch eine Flasche Champagner.«

Der Korken schießt heraus wie eine Kanonenkugel. Eine schäumende Fontäne verschwindet in den Lüften.

»Ich taufe den Channel. Möge er ein Bindeglied sein, nicht das Eigentum einer einzigen Nation. *Ego te baptiso, in nomine Spiriti Sancti.* Der Heilige Geist ist kein Engländer.«

»Bücklinge, Räucherlachs, Biskuits.«

»Auf das Wohl der Flieger, und auf Ihre Amouren!«

»Oh, meine Amouren ...«, sagt der junge Mann achselzuckend, »da gibt es Interessanteres!«

Es blitzt weiter.

»Mitternachtsschmaus bei Kerzenschein!« sagt Hugo und greift zum Lachs.

»Maître, ich hatte Samuel Fergusson angefleht...«

Er kommt nicht dazu, den Satz zu beenden. Ein Ruck, und die Gondel stürzt in freiem Fall ins Nichts wie in einen Brunnenschacht. Die beiden Männer haben sich an den Tisch geklammert, Hugo mit einer Hand, während die andere die Champagnerflasche festhält. Sein Magen macht einen Satz nach oben. Das Geschirr, die Karten, alles wirbelt durcheinander. Nach fünf oder sechs Sekunden ist der Spuk vorbei.

»Ein Luftloch«, sagt Verne. »Ich hatte es vorausgesagt. Ein Druckunterschied. Nichts Ernstes.«

Aber die Ventilleine hat sich in den Seilen verfangen, in der Höhe des Füllansatzes. Sie gleicht da oben einem Aal in der Reuse.

Fergusson ist nicht wach geworden.

»Das ist meine Aufgabe«, sagt Verne. »Ich muß die Leine losmachen.«

Zwei Seile des Ballonnetzes sind vom Korbrand aufwärts mit Holzstreben verbunden. Verne ergreift eine Strebe, die nächste, noch eine und noch eine. Ein Windstoß. Die Ventilleine löst sich vom Füllansatz, flattert außerhalb des Netzes. Der junge Mann muß seinen Kopf hindurchstecken, dann den ganzen Körper.

»Geht es, Monsieur Verne?« fragt Hugo, der in der Gondel steht.

»Es geht, Maître. Ich habe sie. Fangen Sie!«

Er löst die Leine, wirft sie hinab.

»Ich habe sie«, sagt Hugo.

»Dann komme ich jetzt herab.«

Das gleiche Manöver in umgekehrter Richtung. Der Kopf, ein Arm. Wieder ein Windstoß. Verne greift daneben, rutscht über die Gondel hinaus. Hugo ergreift ihn am Jackenkragen. Mit beiden Händen klammert der junge Mann sich an den Rand, die Beine über dem Abgrund. Hugo beugt sich hinunter, faßt ihn am Gürtel, zieht ihn an Bord.

»Das nenne ich zupacken!« keucht Verne. »Ich dachte schon ...«

Hugo reicht ihm ein Glas:

»Der Rest Champagner. Was wollten Sie gerade sagen, vor diesem kleinen Zwischenfall?«

»Ich wollte sagen«, bringt der junge Mann noch zitternd hervor, »ich wollte sagen, Maître, bevor Sie mir das Leben gerettet haben ... daß ich Samuel Fergusson angefleht hatte, mich auf diese Reise mitzunehmen ... Ich wollte Sie um einen Rat bitten ... Die grenzenlose Bewunderung, die ich für Sie empfinde ... Ich möchte Schriftsteller werden ...«

Noch ganz außer Atem, steht er auf, setzt sich an den Tisch, stürzt den Rest der Flasche hinunter. Er wird ihn nicht so schnell vergessen, den kleinen Zwischenfall.

Das Schnarchen Fergussons, unerschütterlich.

»Ich habe in meinem Leben«, sagt Hugo, »schon viele junge Leute empfangen, die mich dasselbe gefragt haben. Aber unter solchen Umständen noch nie. Wie alt sind Sie?«

»Achtundzwanzig. Abgeschlossenes Jurastudium. Anstellung als Börsenmakler in einem Pariser Büro. Ich habe einige wissenschaftliche Erzählungen für den *Musée des Familles* geschrieben.«

»Richtig, da habe ich etwas von Ihnen gelesen.«

»Und dann, letztes Jahr, hat Monsieur Alexandre Dumas ...«

»Welcher? Der Große oder der Kleine?«

»Monsieur Dumas junior.«

»Der Kleine.«

»... mich am Théâtre du Gymnase eingeführt ... Sie haben dort eine Komödie von mir gegeben, *Die Glücklichen des Tages.* Es war nicht gerade ein Erfolg.« Im unregelmäßigen Schein der Blitze erscheint Vernes Ausdruck zunehmend verlegen: »Das Dumme beim Theater, das ist, daß man Liebesgeschichten einflechten muß. Das liegt mir nicht besonders. Die Frauen ...«

Hugo runzelt die Stirn.

»Nein, nein, Maître! Nur – sie faszinieren mich nicht. Vorübergehend, ja ... Ich werde übrigens heiraten ... Die Ehe, gut. Aber die Liebe, nein, ehrlich gesagt ...«

»Dann, lieber Freund, ist Ihr Weg eindeutig vorgezeichnet. Theater ohne Frauen, Ballons ohne Frauen – dann wählen Sie besser die Ballons. Oder die Gleitsegler, die Tauchboote, den ganzen Krempel. Wir sind in die Ära der Maschinen eingetreten. Außerdem gibt es, von mir abgesehen, keine Literatur mehr ...«

Die Vorhänge des Zeltes gehen hoch, Fergusson erscheint:

»Jetzt ist es Ihre Reihe zu schlafen, Gentlemen!«

»Ich werde mich hinlegen und nachdenken«, sagt Verne. »Vielen Dank, Maître.«

»Ich bleibe auf«, sagt Hugo.

Fergusson, über den Kompaß gebeugt:

»Noch immer Süd-Südwest. Jedenfalls nicht getragen hinaus auf offenes Meer.«

Der Himmel hat sich verändert. Dem Schieben und Drängen zuckender Gestalten sind flockige Schleier gefolgt, vor denen die Blitze spielen. Irgend etwas wogt dahinter, eine unermeßliche Gegenwart, ein Wesen, ein Schrecknis, eine unerschöpfliche, verschwenderische Fülle, eine Segnung vielleicht. Ein Strudel dreht sich, bohrt sich sein Loch, öffnet einen tiefen Tunnel. Durch die Seele einer riesigen Kanone, dort hinten, weit fort im Unermeßlichen, jenseits von Pech und Schwefel, verstärkt sich ein blendendes Strahlen, wird unerträglich – Gott schaut auf Hugo.

Gott der Zukunft und des Fortschritts, vergib die irdischen Liebschaften, meine niederen Vergnügungen, meine Gelüste, meine Verderbtheit, die nichts anderes sind als die unvollkommenen Zeichen Deiner übernatürlichen Anziehungskraft! Erleuchte durch Deine Offenbarung das kommende XX. Jahrhundert, das ich ankündige als das Jahrhundert, in dem die Demokratie triumphiert, das Jahrhundert des Weltfriedens, der Luftschiffahrt. Ich schaue blinzelnd, schiffbrüchig, gestrandet, die unergründliche Weite. Ich möchte ihr antworten, höher hinauffliegen. Bilder huschen in rasender Geschwindigkeit vorbei wie die Glasplatten einer Laterna magica. Das Leben, das hinter mir liegt, Einsatz, Erfolg, Mühsal, Ehre, Verzückung ... Zwischen den Tiefen des Raumes und der Bordwand der Gondel gleitet ein Schwarm großer Vögel dahin. Frauen mit Flügeln, deren begehrenswerte Formen hin und wieder im Licht der Blitze sichtbar werden. Zwischen meinen Beinen wächst mir das Geschlecht, erhebt sich wie eine stählerne Stange. Andere Formen folgen, Lieder der Unschuld, Choräle der Leidenschaft, Legenden entschwundener Epochen, alle die Schöpfungen, die nicht vergehen wollen. Davonfliegen, Dir entgegen, o Herr? Nein, noch nicht! Noch bin ich zu schwer.

Der Tunnel hat sich wieder geschlossen.

»Monsieur Hjugo, legen Sie sich schlafen!« sagt die Stimme Fergussons.

Ausgestreckt in der Kabine, auf einer englischen Matratze.

Eingeschlafen.

Seltsam, er wußte nicht, daß er so korpulent war. Seit wann ist diese Leibesfülle über ihn gekommen? Eine unglaubliche Fettleibigkeit. Die Kleider der vergangenen Jahre, seit dem Anbeginn seines Ruhms, sind wie eine ebenso große Anzahl übereinandergestülpter Häute mit seinem Fleisch verwachsen. Die Haut des republikanischen Abgeordneten, den die Nationalversammlung bejubelt und geschmäht hat, die Haut des Pair von Frankreich (dabei hatte er geglaubt, sie in seiner Reisetasche mitgenommen zu haben), des bei Hofe Vertrauten, der mit Louis-Philippe plaudert, des Mitglieds der Akademie, des Begründers der Romantik in seiner Theaterloge an den Premierenabenden, des Gastes bei der Krönung zu Reims, des Preisträgers der Akademie der Blumenspiele zu Toulouse ... er war der Freund der Könige gewesen, der Vertraute der Herzoginnen ... die Häute, die er sich in den Betten bei der Berührung sanfter Frauenkörper zugelegt hat ... alle diese einander überlappenden Häute ... welcher Arm versucht jetzt, eine nach der anderen von ihm loszureißen? Er selbst, über seinem schlafenden Ich? Ist es ein Wille, dem er sich zu widersetzen vermöchte? Eine nach der anderen löst sich von ihm, welk geworden, er wird schlanker, verliert diesen Bauch, den ihm das Leben beschert hat, wird allmählich wieder der Jüngling, der er einmal war, der naive Träumer, dem die Wollust fremd war, der als Zwölfjähriger im Garten des Feuillantinerinnenklosters klassische Verse verfaßte. Eine Haut noch, die letzte, und es wird eine neue Geburt sein, endlich wird er nur mehr Geist sein, frei, Gott entgegenzuschweben bis an das Ende des Raums. Nein! Nein! Noch ist er nicht imstande, sich loszureißen! Er würde zu sehr darunter leiden!

Noch niemals hat er wie der liebe Théophile Gautier, wie jener Baudelaire, der ihm Manuskripte seiner Gedichte schickt, die künstlichen Paradiese des Haschischs aufgesucht. Ich rufe euch zu Zeugen an, Winde des Abends und der Morgenröte, daß ich mehr als einmal versucht habe, die menschliche Schwere zu verleugnen, meine Seele der Schwerkraft des Körpers zu entwinden, meine Grenzen zu überschreiten. Jeder Leib schleppt seinen bleiernen Schatten hinter sich her. Ich bin der Mann der sichtbaren Gestalten, der Schlachten, der alten Götter, die die Hände auf die Knie legen, der Wäscherinnen, die ihr Linnen am Brunnen schlagen, der Kinder, der Landstraßen, der Kanonen des Armeemuseums, der Königinnen, die man anschaut, und der Dienstmägde, die man vögelt, der verfallenen Städte, der blühenden jungen Frauen, des Lächelns und der Stürme des Ozeans, ich bin das klingende Echo all dessen, was mit Händen zu greifen ist, all dessen, was bei der Betrachtung und Liebkosung offenbar wird, alles Irdischen schlechthin. Gott, bin ich schwer!

Mit einem Schlage wacht er auf. Ein Sonnenstrahl fällt geradewegs in die Kabine und streift seine Augen.

Er sitzt mit angezogenen Beinen. Die Öffnung des Vorhangs gibt den Blick nach Osten frei, wo fern am Horizont eine feurige Scheibe langsam zum Firmament emporsteigt.

Keine Wolken mehr! Also vorüber, der Sturm! Mit einer Hand streicht Hugo sich über das Gesicht und blickt sich in der Kabine um, in die allmählich immer mehr Licht eindringt. Er hatte sie diese Nacht nur undeutlich wahrgenommen. Mit den Augen des gelernten Kunsttischlers untersucht er das Rahmengestell. Der englische Schreiner hat die Pfosten mit beweglichen Scharnieren am Boden befestigt. In die Schmalseite einer Strebe hat er seine Initialen gekerbt, damit sie, stellvertretend, auch ihn in den Himmel hinauftragen, so wie sich einst auch die Steinmetzen von Notre-Dame auf ihren Quadern verewigt hatten:

V
R
X
X

»Maître! Verehrter Maître!« Vernes zitternder Bart schiebt sich durch die Öffnung: »Land in Sicht. Der Kaffee ist fertig.«

Hugo ist kaum aus der Kabine herausgekommen, als ihn schon das Blau des Ozeans blendet. Ein Glitzern, ein Flimmern. Dieses Azurblau, so anders als das Königsblau, das Schieferblau, das Blaßblau der normannischen See, dieses unablässige Spiel der flüssigen Spiegel, die die schrägstehende Sonne zurückwerfen, von diesem Anblick gehen ihm die Augen über. Dieser Blick, der geschaffen ist, die Welt widerzuspiegeln, er ist es, der mich an die Oberfläche des Planeten fesselt. Gott, laß mich noch nicht sterben!

»Fünfhundert nautische Meilen von der Mitte des Kanals, Monsieur Hjugo!«

Fergusson ist hinzugekommen, den Arm zum offenen Meer hin ausgestreckt.

»Und wo sind wir jetzt?«

»Vor uns die Nordwestküste Spaniens, die Provinz Galizien.«

Es wird heiß.

Der Ballon zieht träge seine Bahn, Geschwindigkeit fast null. Eine abgelegene, von Mauern umschlossene Anhöhe. Wie Stacheln aufragende Kirch-, Glocken-, Wach- und Aussichtstürme. Rings um den Hügel das flüssige Glitzern eines Wasserlaufs. Ein Pferd galoppiert über eine Brücke.

»Santiago de Compostela, Monsieur Hjugo. Höhe siebenhundert Füße.«

Santiago de Compostela! Nie dagewesen, aber seit der Rückkehr aus Spanien, seit seiner Kindheit hat er davon geträumt, von diesem Galizien. Das Jerusalem des Westens, wo der Gott der alten Religion jahrhundertelang gewohnt hat.

Einzelheiten der Stadt werden sichtbar. Plätze mit Brunnen. Innenhöfe im Zentrum der Paläste. Kirchen ohne Zahl. Die größte mit ihren beiden riesigen Türmen, die sich zum kleinen, durchbrochenen Glockenturm hinauf verjüngen. Die *Weiße Frau* dreht sich ein wenig, man kann jetzt die überfrachtete, zerklüftete, barocke Fassade erkennen. Leute strömen auf dem Vorplatz zusammen, in den angrenzenden Straßen. In den Nacken geworfene Köpfe, erhobene Arme, Kinder, die durcheinanderlaufen, allgemeine Unruhe.

»All diese Leute auf den Straßen!« sagt Verne. »Die Zeit der Frühmesse?«

Das Stakkato einer Glocke steigt senkrecht herauf, wie eine Lerche. Als ob man sie mit der Hand fangen könnte, wenn sie den Korb streift. Von den Kirchtürmen, Kampanilen und Kuppeltürmchen brandet unisono ein Geläut herauf, das anschwillt, sich ausdehnt, über die Stadt hinwegzieht, sich zu einem einzigen gewaltigen Glockenspiel vereint, nach Kräften geläutet, vom tiefen Ton der großen Glocke unterstrichen. Die tönende Woge umschmeichelt den Bauch der *Weißen Frau.* Hugo spürt, wie ihn Freudenschauer überlaufen.

»Oder Signal des Aufstands?« fragt Verne.

»Romanische Nation«, sagt Fergusson. »Diese Leute sind allzeit Glocken läutend um die Regierung zu überwerfen.«

Hugo sagt nichts. Er allein hat den Sinn dieser Liturgie begriffen. Weder Sturmglocke des Aufruhrs noch reaktionäres *Te Deum.* Von den Türmen von Santiago de Compostela begrüßen die Glocken die Ankunft des luftreisenden Pilgers Victor Hugo, dessen Mission auf Erden darin besteht, die Wissenschaft zu besingen, welche die Freiheit verheißt, die baldige Verbrüderung der Völker.

»Muchas gracias, Señor Fergusson, por esta peregrinación«, sagt er.

»And now«, sagt Fergusson, der das ihm unverständliche Spanisch mit Englisch erwidert, das Hugo nicht versteht, *»back to London, if we can.«*

V

London
Buckingham Palace

BACK to London, was sollte das heißen?

Das hieß, daß man vierundzwanzig Stunden lang günstige Winde suchen würde, einen Südwind, einen Seitenwind von Südwesten, einen Wind, der von Westen nach Norden umspringt, das bedeutete, ein oder zwei Mal, oberhalb sechstausend Fuß die Hilfe geostrophischer Winde in Anspruch zu nehmen, das hieß viel Geduld und einige Irrtümer, und meine aufrichtige Entschuldigung für eine neue Verzögerung, Monsieur Hjugo.

Das heißt, dachte Hugo, von Wind zu Wind zu springen, wie man zu Lande an den Poststationen die Pferde wechselt. Trotz allem noch ein bißchen primitiv, dieses aeronautische System, das von der Laune der Pferde abhängig ist.

»Wir fahren zurück, Monsieur Hjugo. Der Golf von Biskaya.«

»Sie meinen den Golf von Gascogne.«

Anfangs blaue Pferde wie die der Amphitrite, von der Farbe der Wellen, die die Morgensonne um den dreiundvierzigsten Breitengrad widerspiegeln. In dem Maße, in dem die *Weiße Frau* sich dem einundfünfzigsten nähert, um ihn schließlich zu überqueren, ist das Fell der Pferde nacheinander isabellfarben, scheckig, rotgrau geworden, erst hell-, dann fahlrot. Das offene Maul des Finistére trinkt an der Schwemme weinrotes Wasser. Vor der bretonischen Westküste, über dem Golf von Saint-Malo, über dem Kanal fliegen die schwarzen Pferde über einen Styx hinweg.

Den ganzen Tag über und bis ein Uhr nachts hat Hugo geschrieben, im Stehen, vor dem Klapptischchen an der Reling. Vierzig Blatt.

»Die Höhe bekommt mir gut, Monsieur Verne. Auf halbem Wege zwischen Elan und Trägheit, zwischen Befreiung und Schwerkraft. Hören Sie:

In dieser nächtlichen Stunde, in der der Mensch, verwirrt,
Halb Fleisch, halb Geist, zwischen Himmel und Erde ziellos irrt,
Blitzt ein Gedanke mir auf und vergeht ...

ein Saibling, *wie ein flinker Fisch des Schlafs* ... Eine Zoologie des Raumes, Monsieur Verne.«

In der nebelverhangenen Morgendämmerung wird ein schwärzliches Panorama sichtbar, über dem Rauchschwaden hängen und Kuppeln sich wölben. Eine rote Scheibe beleuchtet etwas, das einem Kirchturm oder einem Riesen gleicht. Ein Zyklopenauge, oder vielleicht doch ein mit Gaslicht beleuchtetes Zifferblatt.

Die *Weiße Frau* setzt in einem vom Nebel verschluckten Park auf, der von weitarmigen Schemen umstanden ist, kahlen Novemberbäumen. Fergusson stößt in eine Trompete. Durch den *fog* hindurch erahnt man Statuen und die Fassade des großen Palastes, einen ganzen hell erleuchteten Flügel, obwohl es sieben Uhr morgens ist. Zur Linken flache Gebäude.

Ein Dutzend Männer taucht aus dem Nebel auf. Ihnen voran ein Bursche in Käppi und Kilt. Seltsamer Aufzug für diese Jahreszeit.

»*Here you are, folks! At last! A little late!*«

Fergusson sieht Verne an und zuckt mit den Schultern:

»Dieser Brown! Sagt, wir hätten uns verspätet! Hat keine Ahnung, wovon er spricht.«

Der Mann im Kilt erteilt Befehle:

»*Hold on to the ropes, boys! Steady!*«

Die Männer haben die Leinen ergriffen. Sie sind darin geübt.

»Willkommen in London, Monsieur Hjugo!« sagt Fergusson. Er seufzt vor Erleichterung.

Die Passagiere steigen über die Reling. Merkwürdiges Gefühl, nach sechsunddreißig Stunden in der Gondel festen Boden zu betreten.

»Warten Sie einen Moment auf mich, Sie und *Dschuhls.* Ich sage im Palast Bescheid.«

Durch den *fog* dringen gedämpfte Vogelstimmen, das Schnattern von Enten, das Geschrei eines Pfaus.

»Der See des Palastes ist ganz in der Nähe«, sagt Verne. »Bei diesem Nebel wird man nie erfahren, daß Victor Hugo soeben im Park von Buckingham gelandet ist.«

Zehn Minuten, und Fergusson ist wieder da, begleitet von einem Herrn in blauem Anzug und schwarzer Krawatte sowie einer pelzvermummten jungen Frau.

»Monsieur Hjugo, ich stelle Ihnen vor eine französische Landsmännin, Mamsell de ... de La ...«

»Aliénor de La Rochecorbon«, sagt die junge Frau. Sie legt die Hände ineinander: »Maître! Sie hier zu sehen, welches Glück! Nach dieser langen Zeit des Wartens ...«

Unter der Pelzmütze, hinter dem fröstelnd hochgeschlagenen Kragen, ein kleines, von Locken umrahmtes Persönchen.

»Dieser *fog*, das ist London! Ganz anders als unsere französischen Nebel. Ich werde mich nie daran gewöhnen. Und er kann tagelang anhalten. Welche Freude, Französisch sprechen zu können! Und mit Victor Hugo! Kommen Sie, Maître! Sie sind dermaßen spät. Wir hatten solche Angst vor einem Unglücksfall.«

»Guten Tag, Aliénor«, sagt Verne.

»Guten Tag, Jules«, sagt sie trocken.

Der Herr im blauen Anzug hat die Reisetasche genommen.

»Nein, kein Unglücksfall«, sagt Hugo. »Nur ein Umweg. Wir kommen aus Spanien.«

Die junge Frau bricht in ein Lachen aus, das sich im Nebel verliert.

»Der gute Fergusson! Ich kenne das. Ich habe das auch schon mitgemacht.«

»Sie sind in diesem Ballon aufgestiegen?«

Sie lacht von neuem:

»Im letzten Frühling. Statt im Hannoverschen fanden wir uns in Österreich wieder!«

»*Hush!* Mamsell, Sie dürfen nicht darüber sprechen«, sagt Fergusson.

»Staatsgeheimnisse!« flüstert die junge Frau Hugo ins Ohr.

Sie sind an der rückwärtigen Fassade des Palastes angelangt. Eine große Tür, und gleich darauf eine Fülle von goldenen Verzierungen und Spiegeln, eine hohe, von Marmorbüsten gesäumte Galerie, deren Boden mit einem blauen Läufer belegt ist. Vergoldete Girlanden auf den Füllungen wechseln sich mit großformatigen Ölgemälden ab, von denen Persönlichkeiten in Hoftracht und steifer Haltung herabsehen.

Der Haushofmeister im blauen Anzug verneigt sich vor Hugo und überantwortet die Ankömmlinge Dienern in roten Anzügen. Lord Hjugo hier entlang bitte, Mr. Fergusson und Mr. Verne dort.

Man steigt eine große Treppe zwischen hohen Gasleuchtern hinauf. Der Fortschritt hat auch hier Einzug gehalten.

»Nun sind Sie geadelt, Maître! Auf der Einladung für das Diner heute abend steht *Vicomte Hugo* ...«

Der Vicomte Hugo macht eine wegwerfende Handbewegung.

»... Aber für mich, Maître, sind Sie ein Prinz!«

Charmante junge Dame. Und jetzt, da sie sich ihrer Pelze entledigt hat und einen Nacken ahnen läßt, in den Kaskaden blonder Locken fallen, überaus anmutig, begehrenswert.

»Vielleicht nicht gerade sehr *proper*, die Herren bis zu ihren Gemächern zu geleiten«, sagt sie, während sie an Hugos Seite dem roten Diener folgt. »Aber die Königin hat mich zu Ihrer Dolmetscherin bestimmt.«

Eine lange Galerie, Büsten aus weißem Marmor, chinesische Porzellangefäße, Dutzende von chinesischen Porzellangefäßen.

»Gehören Sie zum Hofe, Mademoiselle?«

»Vorlesedame für Französisch. Ich soll dem Prinzen Edward etwas davon beibringen. Fünfzehn Jahre, ein schlimmes Alter! Recht vielversprechend ...«

Sie lacht:

»Versucht hat er es jedenfalls schon bei mir, seine Versprechen einzulösen!«

»Und die Königin?«

Mlle de La Rochecorbon schüttelt höchst reizend ihre Locken:

»Die Königin versteht recht gut Französisch. Sie sprechen kein Englisch, Maître? Deutsch vielleicht?«

»Nur Spanisch.«

»Ich werde da sein, um zu dolmetschen. Welches Glück für mich!« Sie senkt die Stimme: »Sie ahnen nicht, welche Freude das für mich ist, Maître. Ich brauche Ihren Rat. Ich möchte Literatur schreiben!«

Bevor Hugo antworten kann:

»Erlauben Sie mir, Maître, Ihnen heute abend nach dem Essen, wenn Sie wieder in Ihrem Zimmer sind, einen kurzen Besuch abzustatten ... Ich möchte Ihnen so gern meine Gedichte zeigen ...« Einen Finger vor dem Mund: »Kein Wort!«

Vor einer Tür übergibt der rote Diener die Reisetasche einem Diener im schwarzen Anzug, der sich zurückzieht:

»Your suite, my Lord.«

Übersetzung, Satz für Satz.

»Ihr Salon. Ihr Schlafzimmer. Dort das Ankleidezimmer. Die Toilette am Ende des Ganges. Wünschen Sie ein Bad?«

Gewiß, *my Lord* hätte gegen ein Bad nichts einzuwenden.

»Der Badediener wird *my Lord* abholen.«

»Und wie geht es weiter?«

»*Luncheon* um halb zwölf, mit diesen Herren vom Ballon, im kleinen Speisezimmer, fünf Türen weiter. Heute abend, Diner um sechs Uhr. Abendkleidung. Athelstane wird Sie abholen.«

»Wer bitte?«

»Ihr Diener. So heißt er. *E-fel-stène.*«

»Efelstène?«

»Ein kleines Diner. Nur die Königin und Prinz Albert, eine Ehrendame, Lady Saint-Aldegonde, die Französisch spricht, und ich, als Dolmetscherin. Der Etikette gemäß kommt die Königin allein, eine Viertelstunde nach allen anderen.«

Hugo hat sein Bad genommen, den Anzug des Pair von Frankreich aus der Reisetasche gezogen. Kaum abgetragen. Von 1845 bis 1848 ist er nicht häufig benutzt worden, dieser Anzug. Und seit 1848 ... Eine Welt, die zusammengebrochen ist in jenem Jahr. Der alte König Louis-Philippe vor sechs Jahren im Exil gestorben. Er, Hugo, dem das Gerücht das Ministeramt verhieß, ein Verbannter, der an diesem Abend einer ausländischen Königin mit ihrem verblichenen Pomp einen heimlichen Besuch abstattet. Eine zusammengebrochene Welt. Aber ich bleibe Victor Hugo.

Er hat seine Papiere geordnet, all das, was er in der Gondel geschrieben hat. Hat aus dem Fenster hinüber zur Stadt geschaut. Dieses London hat er schon in *Amy Robsart, Marie Tudor* und *Cromwell* ersonnen. Ein altes London, noch mittelalterlich in seiner Gestalt, die blutige Stadt der Kerker im Tower, der Dolchstöße. Dieses London des Theaters ist für ihn das wirkliche London geworden. Die moderne Stadt kennt er kaum. Heute, als Gefangener der Königin, ist nicht der Abend, an dem er sie besuchen wird. Immerhin hat der *fog* sich ein wenig aufgelöst. Zum Osten hin, nicht auszumachen, die Elendsviertel. Wer kümmert sich darum in diesem Palast?

Man klopft an die Tür. Es ist der Diener im schwarzen Anzug. Wie zum Teufel heißt er noch gleich?

Indem er ihm ein Goldstück reicht:

»Ihr Name, mein Freund?«

Der Diener nimmt die Münze an, aber das bringt ihm kein Französisch bei.

»Wie heißen Sie? Sie heißen? *Your name?*«

»Oh! My name? Athelstane, my Lord.«

Namen haben die! Als ich *Cromwell* schrieb, habe ich mit den Vornamen der Narren gespielt, Giraff, Trick, Gramadock, und ihnen Elespuru hinzugefügt, zur Erinnerung an einen üblen Burschen aus der Madrider Zeit. Aber *E-fel-stène*! Schade, daß ich ihn 1827 noch nicht kannte. Das ist kein Name, das ist ein Niesen.

CROMWELL

Lord Hjugo, einerlei ob Dichter oder Kapitän,
Der Schnupfen bleibt der gleiche . . . E . . . e . . . e . . . efelstène!

LORD HJUGO

Gesundheit!

CROMWELL

Und außerdem steckt Schnupfen an, läßt rote Nasen sprießen!
Auf daß auch Fergusson und Verne bis hin zum Firmamente niesen!

Athelstane weist auf die Tür zum Flur:

»Lunch is served, my Lord.«

Ein kleines, vergoldetes Eßzimmer. Drei Gedecke, aber die Herren vom Ballon werden nicht erscheinen. Schlafen wahrscheinlich. Kleingeister. Hugo verspürt Appetit. Auf einem Serviertisch ein riesiges Stück Rinderbraten. Ein Diener mit roten Uniformschnüren, das Messer in der Hand, beginnt aufzuschneiden.

»Roastbeef, my Lord?«

»Ja. *Yes. Fänkju.*«

Eine dicke blutige Scheibe, genug, eine ganze Familie armer Leute zu nähren.

»What does your Lordship want to drink?«

»Pardon?«

»Tea? Claret?«

»Nein, nein, kein *tea*!«

Der Diener geht hinaus, kommt mit einer schmalschultrigen Flasche auf einem Tablett zurück:

»*Your claret, my Lord.*«

Warum diese Bezeichnung *Clairette* für einen Bordeaux? Diese Engländer sind merkwürdig. Hugo hat die Flasche geleert und ist in seine Suite zurückgekehrt, um zu schreiben. Als *E-felstène* um sechs Uhr an die Tür klopft, hat *my Lord* bereits die Uniform des Pair von Frankreich angezogen. Auf dem linken Revers des Jacketts die Ehrenlegion und der Orden Karls III. von Spanien. Melancholischer Aufzug.

Er knöpft die Hose zu. Immerhin passe ich, acht Jahre nach 1848, noch hinein.

»*Yes, Efelstène!* Gehen wir!«

Noch mehr Flure. Eine Treppe hinab. Ein blau gewandeter Haushofmeister, der sich vor einer doppelten Spiegeltür postiert hat. Der Pair von Frankreich betritt einen quadratischen Salon, ganz in Gold, Kassettendecke, Säulen aus hellbeigem Marmor, noch zwei Porzellanvasen, riesig, auf einem Wandtisch. Und ein großes Gemälde, auf dem ein gekrönter römischer Kaiser, umgeben von geharnischten Legionären.

»Guten Abend, Maître«, sagt Mlle de La Rochecorbon, die vor dem großen Fenster steht.

Ihre Stimme zittert ein wenig. Sie trägt ein Kleid aus nachtblauer Seide, wie es sittsamer nicht sein könnte; man möchte meinen, sie trüge Trauer unter dem Schal aus Kaschmir.

»Guten Abend, schöne Landsmännin. Sie scheinen traurig zu sein.«

»Ich beweine das Ende einer Hoffnung.«
Hugo versteht nicht.

»Haben Sie von den Chartisten gehört, Maître?«

»O'Connor?«

»Er sagte, er wolle sich für die schwieligen Hände einsetzen, für die schlecht rasierten Kinne, die in Lumpen gekleideten Iren. Einige von ihnen forderten die Republik. Und nun ist ihre Bewegung gescheitert.« Sie wirft einen vorsichtigen Blick zur Tür des Salons hinüber. »Heute abend ihr letzter Fackelzug. Genehmigt unter der Bedingung, daß sie schweigend vorbeiziehen. Der Chartismus ist tot, und ich trauere um ihn.«

»Sollten Sie Republikanerin sein, Mademoiselle de La Rochecorbon?«

»Ich erkläre es Ihnen heute abend, Maître«, sagt sie hastig.

Soeben ist die Stimme des Haushofmeisters ertönt:

»Lady Saint-Aldegonde!«

In einem Geraschel von gelben Schwingen, weißen Troddeln, rosa Federbüschen und einer scharlachroten Schleppe hüpft ein Paradiesvogel in die Mitte des Salons. Mlle de La Rochecorbon macht einen Knicks: »Frau Herzogin!«

»*Dear* Aliénor!« sagt der Paradiesvogel. Und, zu Hugo gewandt: »Vicomte, es war eine reale Privileg! Ich liebe des Frankreichs Literatur!«

Sie sieht im Gegensatz zu Aliénor nicht im mindesten nach Trauer aus. Bloße Schultern, tiefes Dekolleté. Während der Vicomte sich verneigt, flötet der Kolibri:

»*Der Glöckner von Notre-Dame!* Ich habe gelesen.

Und in Paris, mit Lord Saint-Aldegonde, ich habe besichtigt Ihre Kathedrale.«

»Prächtig, nicht wahr, Madame?«

»Das Buch gefällt mir besser. Im Buch es gibt Liebe.«

»Sie sprechen gut Französisch, Frau Herzogin.«

»Sehr mangelhaftig, sehr mangelhaftig«, sagt der Vogel mit einem dröhnenden Lachen, das man ihm nicht zugetraut hätte. »Mosjöh Bohlsäck auch, ich liebe.«

»Balzac war ein Genie.«

»Und Mosjöh d'Arlincourt, ein Vicomte, wie Sie. *Le Solitaire!* Ein Meisterwerk! Ich habe gelesen dreimal!«

»Es gibt manche, die Ihre Ansicht teilen, Madame.«

»Schreibt er immer noch Bücher, Mosjöh d'Arlincourt?«

»Ich glaube, er ist kürzlich verstorben.«

»*Pity!* Großer Verlust für des Frankreichs Literatur!«

Sie wechselt das Thema:

»Eine ganz kleine *dinner*, hat Ihre Majestät gesagt. Ein Staatsgeheimnis! Ich bin sehr stolz zu sein dabei.« In vertraulichem Ton: »Mehr als ein Staatsgeheimnis, ein Staatsmysterium! Die liebe Aliénor weiß!«

Aliénor hat die ganze Zeit in der Nähe des hohen Fensters gestanden.

»Da sind sie«, sagt sie.

»Here they are!« sagt Lady Saint-Aldegonde und dreht sich um. »Schrecklich!«

Ein Feuerstrom gleitet schweigend hinter den Gittern des Palastes vorbei, durch den Nebel.

»Sie wollten marschieren zum Parlament. Die Polizei hat sie gehindert. Sie sind zum Palast hin entkommen. Nicht sehr zahlreich.«

Nein, nicht sehr zahlreich. Fünf- oder sechshundert Fackeln vielleicht, in Dreierreihen. Ein letzter dünner Lavastrom, der erlöschen wird, das ist alles, was von dem Flächenbrand der letzten Jahre übriggeblieben ist. Damals hatten die Fabrikarbeiter, die Iren, die Arbeitslosen, die Ausgestoßenen London, Edinburgh und Manchester in Brand gesteckt. Sie werden in ihre armseligen Behausungen im Osten, rund um die Docks, zurückkehren. Hugo läßt seinen Blick über die chinesischen Porzellanvasen, die Säulen aus hellem Marmor und das Bild des römischen Kaisers schweifen. Prinz Albert ist schlurfend eingetreten.

Nicht sehr groß, der Prinz. Etwas Bauch. Der Schnurrbart und der blonde Backenbart hängen herab. Ein kraftloser Gang. Er wird nicht mehr sehr lange leben, dieser Mann.

»Good evening, Albertha«, sagt er zu der Herzogin.

Ein Kopfnicken zur Vorlesedame hinüber, dann schüttelt er diesem französischen Vicomte die Hand, der, wie man ihm gesagt hat, der Sohn und Neffe hoher Offiziere der napoleonischen Armee ist.

Aliénor übersetzt.

»Sollten Sie sächsische Wurzeln haben, Vicomte? Mir scheint, es gibt eine Familie Hjugo bei Göttingen, in Niedersachsen, im Norden von unserem Coburg.«

»Wir sind eher Lothringer, Monseigneur. Einer meiner Vorfahren im sechzehnten Jahrhundert war Hofrat des Großherzogs von Lothringen. Und in den Vogesen trägt eine Burg den Namen Hugo Adlerkopf.«

Schon der General Hugo hatte daran glauben wollen, an diesen großherzoglichen Hofrat, der mehr hermachte als Landwirte und Tischler. Und die Burg Adlerkopf war Victors Erfindung.

»Nun, Vicomte, dann sind Sie also mit Fergussons Ballon hierhergekommen, und Sie sind nicht abgestürzt! Ha! Ha!«

»Nein, Monseigneur, trotz eines heftigen Sturms.«

»Die Dichter im Himmel können nicht abstürzen«, sagt die Herzogin und schüttelt ihre Federn.

Nichts in dem trübseligen Gesicht des Prinzen verrät die leiseste Ahnung davon, daß dieser Abkömmling lothringischer Standesherren, der eine schöne Uniform trägt, auch ein Dichter ist.

»Ich glaube nicht an Luftschiffe. Die Königin glaubt daran. Sie ist zweimal aufgestiegen. Glücklicherweise ist sie ohne Schaden zurückgekehrt.«

»Ich«, sagt die Herzogin, »ich träume von einer Reise durch die Luft. Ich bin romantisch.«

Sie wiegt sich mit allen ihren Troddeln hin und her.

»Ich glaube an den Fortschritt durch die

Dampfkraft und die Mechanik«, sagt der Prinz und tänzelt von einem Bein auf das andere. »Die Weisheit der Antike wie auch die der Bibel lehrt uns, daß die Luftschiffahrt ein Hirngespinst ist. Ikarus stürzt sich zu Tode und Simon Magus ...«

Er nimmt Hugo beim Arm und führt ihn vor das römische Gemälde.

»Ein Gozzoli, den die Königin und ich sehr lieben.«

»Prächtige Farben.«

»Kaiser Nero inmitten seiner Soldaten.«

Die Brustpanzer sind gelb, blau und rot.

»Schauen Sie nach oben, Vicomte.«

Aus dem römischen Himmel tritt eine Gestalt hervor, schwebt durch die Luft. Seine Kleider umflattern ihn.

»Simon Magus«, sagt Hugo nachdenklich.

Der vollkommene Aeronaut. Ohne Flügel, ohne Luftschraube, ohne Ballon.

»Der Teufel hält ihn«, sagt der Prinz.

Dämonischer Aeronaut. Mit seinem frevelhaften Flug will er dem Kaiser zeigen, daß er Wunder vollbringen kann, wie die Apostel Christi. Der absolute Rebell. Der Schwerkraft trotzen. Gott trotzen.

»Rechts«, sagt der Prinz, »der heilige Petrus und der heilige Paulus.«

Paulus, aufrecht, in gelbem Gewand: »Petrus, diesem Frevel muß ein Ende bereitet werden.«

Petrus, in rotem Gewand, ist auf die Knie gesunken: »Herr, bestrafe diesen Zauberer und sein Blendwerk.«

Unten auf dem Bild die Leiche Simons.

»Heutzutage«, sagt der Prinz, »glauben wir nicht mehr an die Magie, sondern an den Dampf. Für mich ist dieses Bild nur eine Allegorie. Fliegen ist wider die Natur.«

»Sie haben recht, Monseigneur. Fliegen hat etwas Übernatürliches.«

Die Flügeltüren zum Salon sind aufgegangen. Eine kleine rundliche Dame ist eingetreten, gekleidet wie selbst auf Guernsey keine Bürgersfrau es wagen würde. Ein Kleid aus pflaumenfarbener Seide mit drei Röcken, mit Pompons an den rosa Aufschlägen. Unter dem Häubchen aus weißer Spitze mit losen Bindebändern schwarze, glatte Schleier. Mit ihrer Nase, die wie ein Adlerschnabel zwischen fetten Wangen hervorsticht, sieht sie wie ein kleiner Buddha aus, den man mit einem Lämmergeier gekreuzt hat, aber mit schönen, tiefgründigen Augen.

»Good evening, Bertha«, sagt sie zu ihrer Ehrendame, während die beiden Frauen mit einem Knicks niedersinken.

Zu Hugo, in einem stockenden Französisch:

»Wir sind glücklich, Ihnen zu begegnen, Monsieur Hjugo.«

Er weiß, daß sie im Frühjahr siebenunddreißig geworden ist. Recht fern von der jungen, strahlenden Königin, die sie einmal war. In diesem Alter war Juliette noch bildschön, zog beim Empfang der Akademie in der Coupole alle Blicke auf sich. Und Léonie, im gleichen Alter wie Victoria, ist noch immer eine der schönsten Frauen von

Paris. Aber auch wenn sie ein Tönnchen ist, so ist sie nichtsdestoweniger die *Kouihn*; sie weiß die Männer noch zu blenden.

»Madame«, sagt Hugo und verneigt sich, »ich lege Ihrer Majestät die Verehrung eines Beinahe-Untertanen zu Füßen. Als Grundstücksbesitzer auf Jersey habe ich der Krone, nach dem Gesetz, eine Abgabe von zwei Hühnern jährlich zu entrichten.«

»Danke, daß Sie sie nicht gleich mitgebracht haben.«

Man geht in den Speisesaal hinüber, wo die Lakaien in scharlachroter Livrée und mit gepudertem Haar hinter hohen Stühlen mit rotem Samt bereitstehen. Inmitten des Grün und Blau eines schönen Gobelins ist der rosige Körper einer lebensgroßen Amphitrite von drallen Nereiden umgeben. Ein wenig abseits überwacht Poseidon, mit dem Dreizack in der Hand, den Ozean. Im Hintergrund die grünende Küste einer Insel. Britannia, geschützt und abgeschirmt vom Rest der Welt durch die allmächtigen Gottheiten des Meeres.

»Ein Diner in ganz kleinem *committee*, Monsieur Hjugo. Diese Zusammenkunft wird geheim bleiben.« Mit einem Lächeln, das ihren Mund entzückend macht: »Wir haben Lord Palmerston nicht eingeladen.«

Einige Worte auf Deutsch zum Prinzen, während die Lakaien den Anwesenden die Stühle unter das Gesäß schieben: *»Verdammter Pilgerstein!«* Die Herzogin hat es gehört, sie lacht.

»Was hat die Königin gesagt?« erkundigt sich Hugo bei Aliénor.

»Ich werde es Ihnen heute abend verraten«, flüstert die junge Frau.

Die Gäste haben Platz genommen, Hugo zur Rechten der Königin, vor einer funkelnden Tafel. Unter den vergoldeten Kassetten der Decke werfen Leuchter aus feuervergoldetem Silber das warme, ein wenig zitternde Licht ihrer Kerzen auf die goldenen Gedecke und Teller.

Vor einem jeden fünf Kristallgläser, in die die Initialen der Königin eingeschliffen sind. Das goldgeränderte Menu ist auf Französisch abgefaßt.

Bisque à la président Hénault

»Monsieur Hjugo, wie ist Ihre Reise verlaufen?«

»Eine erhebende Reise, Madame. Zweierlei habe ich empfunden. Den unaufhaltsamen Fortschritt des Menschen. Und die Gegenwart Gottes in der Tiefe der Unendlichkeit.«

»Samuel Fergusson hat Ihnen erzählt, nicht wahr, daß Wir zweimal einen Aufstieg in seinem Ballon gemacht haben? Das ist ein Geheimnis.«

»Sehr wohl, Madame.«

»Unsere Empfindungen waren nicht so erhebend wie die Ihren. Beide Male herrschte ein grauenhaftes Wetter. Wir haben eine eher verworrene Erinnerung an unsere Aufstiege.«

Schweigen.

»Die Uniform, die Sie tragen, ist die eines Pair von Frankreich?«

»Ja, Madame. Eine anachronistische Uniform.«

Übersetzung. Der Prinz lacht über diesen Scherz laut auf.

»Frankreich«, sagt Victoria betrübt, »hat mit dem Tod von Louis-Philippe viel verloren. Wir schätzten ihn sehr.«

»Auch ich, Madame, habe meine Empfindungen für ihn bewahrt.«

Ein Flüstern der Dolmetscherin:

»Ich nicht!«

Niemand hat es gehört, außer Hugo.

Huîtres en hâtelets
Johannisberg 1849

Lady Saint-Aldegonde hat ihre Handschuhe über ihre fünf Gläser gelegt. Eine schickliche Geste, die sie anläßlich einer Reise in die Normandie auf Schloß Vaubyessard kennengelernt hat. Vor der Königin ein sechstes Glas, ein klobiger Seidel, den ein blau gekleideter Page mit einer hellen, schäumenden Flüssigkeit füllt.

Victoria beugt sich zu ihrem Nachbarn:

»Wir lieben den Wein, Monsieur Hjugo, aber Wir sind auch dem Pilsner Bier nicht abgeneigt.«

»Das bin auch ich nicht, Madame, seitdem ich auf britischem Territorium lebe.«

»Good man!« ruft die Königin und gibt den Lakaien ein Zeichen. »Echtes deutsches Bier anstelle Ihres *ale*!« Schon steht ein Seidel vor Hugo, neben dem Johannisberg. »Zu diesem Bier«, sagt Victoria wehmütig, »müßte es Würstchen geben, wie man sie nur in Coburg findet ...«

Ein Seufzer.

»Die Bürde der Größe, Madame.«

»Was halten Sie von unserem Londoner *fog*, Monsieur Hjugo?«

Es ist die Stimme des Prinzen, der sich in die Unterhaltung einmischt.

»Der Nebel gebiert Phantome, der *fog* erdrosselt sie.«

»Und wie ist das Wetter auf Guernsey?«

»Melancholisch. Das Klima des Exils.«

»Wir haben zwei Stunden auf Guernsey verbracht, vor zehn Jahren«, sagt die Königin. »Wir erinnern uns sehr gut daran. Wir trugen ein Kleid aus grüner und weißer Seide und einen blauen Sonnenschirm. Wir hörten die Leute Englisch und Französisch reden.«

Semelles de faisan aux truffes périgourdines
Carpe du Rhin à la Chambord
Gewurztraminer 1852

»Und wie ist das Wetter«, fragt der Prinz, »in Paris im November?«

»Es kann nicht schön sein in Paris unter Herrn Bonaparte.«

»Aber der Frühling in Paris!« ereifert sich die Herzogin. »Freunde haben uns mitgenommen, meinen Mann und mich, vor einigen Jahren, um Ihren *Angelo* im Théâtre-Français zu sehen. Ich habe nicht alles verstanden, aber ich habe die Schauspielerin Rachel so bewundert! Und diese Frau, die Thisbé! Welcher Mut, welche Kraft in ihrer Liebe, bis in den Tod!«

»Sollten Sie etwa ein Theaterstück geschrieben haben, Vicomte?« fragt der Prinz.

»Albertha«, sagt die Königin streng, »Sie und Ihre absurden Vorstellungen von der Liebe! Sie lieben die Literatur zu sehr. Monsieur Hjugo, wie ist es um die Moral der Bevölkerung auf Guernsey bestellt?«

»Man verehrt Ihre Majestät.«

»Gewiß. Aber die private Moral?«

»Man muß die Dinge beim Namen nennen. Die Armut der Dienstmägde macht sie anfällig gegenüber den Avancen ihrer Herrschaften.«

Victoria schüttelt die Bänder ihres Häubchens:

»Die guten Manieren, das ist es, was den arbeitenden Klassen fehlt ...«

Carré d'agneau à la Conti semé de pistaches
Mercurey 1850

»... Das ist wie mit diesen nächtlichen Fackelzügen in den respektablen Vierteln der Stadt. Ist das eine Art, seine Gefühle zum Ausdruck zu bringen?«

»Das Elend, das von einer Idee beseelt ist, selbst wenn es stumm bleibt, ist eine der gewaltigsten Kräfte der Revolution, wenn Ihre Majestät mir das zu bemerken erlauben.«

»Ben Disraeli«, sagt die Herzogin, »hat einen Roman geschrieben, *Sybil or the two nations.* Es handelt sich um Reiche und Arme. Ein sehr bewegendes Buch.«

»Vor einigen Jahren«, sagt Victoria, »mochten Wir Mr. Disraeli nicht sehr. Wir sind ihm während dieses Krimkrieges nähergekommen.«

»Ich habe nichts gegen Disraeli«, sagt der

Prinz. »Ich verstehe nur nicht, wie ein ehrenwerter Mensch Romane schreiben kann.«

»Sei nicht so dumm, Albert!« zischelt die Königin auf Deutsch und sieht ihren Prinzgemahl tadelnd an. Sie nimmt das Thema wieder auf: »Es wird immer Reiche und Arme geben. Man könnte die einen an die Stelle der anderen setzen. Da die Reichen besser erzogen sind, wüßte ich nicht, was England dabei gewönne.«

Zwei Spitzenmanschetten, die nun zu beiden Seiten ihres Tellers ruhen. Zwei energische kleine Hände, autoritär.

»Wir wollten Sie kennenlernen, Monsieur Hjugo, um über Ihr Land zu sprechen.«

»Es ist sehr unglücklich, Madame.«

»Wir waren nicht einverstanden mit Lord Palmerston, als er sich beeilte, den Staatsstreich von 1851 anzuerkennen.«

»Trotzdem hat Ihre Majestät letztes Jahr Herrn Bonaparte empfangen und ihn drei Monate später in Paris besucht.«

»Wir allein entscheiden, was im Interesse Unseres Königreichs liegt.«

»Ihre Majestät, Ziehtochter eines Pitt, Frau eines Coburg, hat nicht einen Bonaparte besucht. Sie hat einen Verbündeten besucht. Ist er denn vertrauenswürdig und sicher, dieser Verbündete?«

Nuits-Saint-Georges 1848

Ein Rascheln von Spitze um die königliche Gestalt:

»Monsieur Hjugo, Sie brauchen mir die französische Unbeständigkeit nicht zu erklären. Ich bin 1819 geboren. Die Bourbonen waren gerade nach Frankreich zurückgekehrt, nach einer Revolution, die Ludwig XVI. gestürzt und das Direktorium, dann das Konsulat und schließlich das Empire hervorgebracht hatte. 1830 wurde Charles X. durch Louis-Philippe ersetzt. Als der 1848 stürzte, etablierte sich für drei Jahre eine Republik. Und nun haben Sie Napoleon III.«

»Für wie lange?«

»Napoleon III. ist nicht meine Tasse Tee. Ich finde seinen Schnurrbart schrecklich. Und dann ist da die Frage der Religion.«

»Herr Bonaparte glaubt weder an Gott noch an den Teufel.«

»Aber Eugénie, seine Frau, ist katholisch, von der spanischen Sorte. Fanatische Papistin. Sie lieben den Papst nicht, Monsieur Hjugo?«

»Nein, Madame. Das beruht auf Gegenseitigkeit.«

»Wie kann eine Papistin ein solches Dekolleté zur Schau stellen?« Eine Geste, die das Ausmaß der Entblößung verdeutlicht. »Man sagt, sie sei schön. Es ist kein Kunststück, auf diese Weise die Blicke der Männer anzuziehen. Ich habe mich für sie geschämt.«

Die Bänder des Häubchens zittern noch vor Entrüstung.

Aspic au zeste de citron praliné
Arbois 1851

Hugo nimmt die Schilderung dieser spanisch-katholischen Brüste mit Langmut hin. Victoria hat erneut Bier verlangt.

»Aus all diesen Gründen, Monsieur Hjugo, hatten Wir gewünscht, Sie zu sehen. Einige Unserer Freunde, die Ihre Talente bewundern, sind der Ansicht, daß Sie eines Tages die Rettung Frankreichs sein könnten.«

Hugos hohe Stirn zieht das Licht der Kerzen auf sich. Seit langem hatte er sich mit diesem Gedanken beschäftigt. Andere, unter den Verbannten wie unter den Republikanern, die in Frankreich geblieben sind, denken ebenfalls darüber nach. Man sagt es ihm. Man schreibt es ihm. Präsident, Regierungschef, Diktator ... Ein Burggraf Frankreichs ... Zugleich fühlt er sich mit einer religiösen Sendung beauftragt, zu Höherem auserwählt. Er hatte es kürzlich gesagt, in den *Betrachtungen.* Wie eine Berufung zum Pontifikat. *Warum noch Priester weihen, Wenn deren unter Euch schon sind? ... Diese Männer, das sind die Dichter... Wohlan, Priester, wohlan, Genies ...* Man müßte all das in Einklang bringen ...

»Ich habe durchmessen, Madame, was man gemeinhin die Höhen eines Menschenlebens nennt. Ich war Pair von Frankreich, Mitglied zweier Nationalversammlungen, ich habe zwei Könige und einen Präsidenten gekannt, ich habe das Ministeramt abgelehnt. Heute lebe ich im Exil. Das ist eine andere Würde. Ich wohne in diesem immensen Traum des Ozeans. Am Ende bin ich nur noch eine Art Zeuge Gottes. Ich werde zum Apostel. Aber wenn das Schicksal es will, stehe ich für alle Aufgaben zur Verfügung, für das Staatsamt ebenso wie für das Priestertum. Ich bin Hauptmann und Priester.«

Mlle de La Rochecorbon übersetzt, ohne zu stocken. Die Königin hört zu, unbewegt. Der Prinz hat die Brauen gehoben:

»Priester!«

Erneutes Ballett der Pagen, die den Gästen Champagnergläser vorsetzen.

Pyramide de meringues à la vanille et à la rose
Champagne Pommery

»Wir trinken auf Ihr Priesteramt, Monsieur Hjugo. *A la française.*«

Alle Gläser sind erhoben.

Die Königin verschlingt in aller Stille einige Baisers.

»Wir werden die Herren einige Augenblicke sich selbst überlassen. Bleiben Sie nicht zu lang.«

Die drei Frauen begeben sich in den Salon. Der Prinz und Hugo nehmen wieder Platz, einander gegenüber. Während die Pagen zwei langstielige Gläser und eine Karaffe *claret* auf den Tisch stellen, unternimmt der Prinz den Versuch einer Unterhaltung auf Französisch, jetzt wo Aliénor nicht mehr da ist, um zu übersetzen.

»Haben Sie Chartisten gesehen, Vicomte? *Fog* . . .«

Er lacht gutmütig.

». . . nicht gut für Revolution.«

»Warum das, Monseigneur?«

»Revolution braucht Sonne. Für Gewehre feuern, man muß können sehen.«

»Aber die Staatsstreiche können gut auf die Sonne verzichten. Sie ziehen den Schatten sogar vor. Am 2. Dezember ...«

Schweigen. Der Prinz zieht ein Etui aus der Tasche.

»Zigarre, Vicomte?«

»Nein danke.«

Wieder Stille. Ein Schluck *claret.*

»Gehen wir aufsuchen die Damen, Vicomte.«

Die Damen sitzen in Polstersesseln, wie man sie jetzt in Paris fertigt, mit dem Rücken zu Simon dem Zauberer, der nach wie vor, zwischen Petrus und Paulus, in diesem häretischen Salon den Geist aufgibt. Victoria hält ein großes Glas in der Hand, mit einer Orange in einer Flüssigkeit, die stark nach Cognac duftet. Ritual nach dem Essen. Eine Schachtel Makronen in Reichweite auf dem Beistelltisch.

»*Albertha dear,* singen Sie uns etwas.«

Mit ausladend wippenden Federn schreitet die Herzogin zum Klavier, an dem schon die Vorlesedame sitzt.

»Ich werde Ihnen die Arie des Herzogs von Mantua aus dem dritten Akt des *Rigoletto* vorsingen.«

Niemand bemerkt, daß der Pair von Frankreich erstarrt. *Rigoletto,* das ist die widerrechtliche Bearbeitung von *Der König amüsiert sich,* gegen die er unablässig protestiert hat. Der Paradiesvogel scheint die Unschuld selbst zu sein. Kaum hat das Klavier die ersten Noten von sich gegeben, schwingen sich Triller und Koloraturen empor, ebenso bunt wie die Federbüsche des Kleides.

La donna è mobile
Qual piuma al vento . . .

Die Königin gibt Hugo ein Zeichen, näherzukommen.

Victoria (flüsternd): »Man hat Uns gesagt, Monsieur Hjugo . . .«

Muta d'accento

». . . daß Sie ein wenig republikanisch seien . . .«

e di pensiero . . .

Hugo: »Die Monarchie, Madame, hat die Macht der Traditionen auf ihrer Seite, die Republik die Macht der Logik . . .«

e di pensiero
e di pensiero . . .

Victoria: »Der Logik! . . .«

Sempre un amabile . . .

Hugo: »Ich glaube, die Musik von diesem Verdi gefällt mir ganz und gar nicht . . .«

leggiadro viso . . .

Victoria: »Unter den Chartisten gibt es Republikaner. Der Einfluß französischer Ideen . . .«

leggiadro viso
leggiadro viso ...

Hugo: »Ihre Majestät weiß sehr wohl, daß sich unsere beiden Länder unterscheiden. Frankreich denkt. England beruht auf zwei entgegengesetzten Prinzipien, die sich gleichwohl ergänzen, dem Feudalismus und der Industrie ...«

In pianto o in riso
è menzognero ...

Victoria: »Und den Geschäften. Wir sind ein Land des *business.*«

E sempre misero ...

Hugo: »Man muß auch Vertrauen in die Zukunft haben ... Aber diese Musik von Verdi paßt nun wirklich nicht zu einem ernsthaften Thema ...«

chi a lei s'affida

Victoria: »Vertrauen in die Zukunft? Die Zukunft macht mir Sorgen, meiner Kinder wegen. Das Problem, für eine königliche Familie, das ist die Heirat der Kinder ...«

chi le confida
mal cauto il core!

Hugo: »Außerdem ist dieses Machwerk von *Rigoletto* nichts weiter als eine Verfälschung ... Herr Bonaparte wird stürzen, und dann steht Frankreich wieder auf ...«

Mal cauto il core
Pur mai non sentesi ...

(Prophetisch:) »Ein wiedererstandenes Frankreich, das ist das freie Europa, die Brüderlichkeit der Nationen des Kontinents in der Einheit der Vereinigten Staaten von Europa, kurz, die universelle Republik ...«

Felice appieno
chi sur quel seno
non liba amore!

Victoria: »Sagten Sie *die Nationen des Kontinents*?«

La donna è mobile,
La donna è mobile,
Ah! Ah! Ah! Ah!
Ah! Ah! Ah! Ah!

»*Brava,* Albertha!« sagt die Königin.

Hugo sagt nichts.

Victoria erhebt sich, reicht die Hand zum Kuß:

»Wir waren entzückt, die Ansichten des Dichters Victor Hjugo kennenzulernen. Wir hoffen, daß er sein Land an seinen Träumen wird teilhaben lassen.«

Der Dichter verneigt sich vor Lady Saint-Aldegonde, vor dem Prinzen, vor der Vorlesedame.

Albert zupft ihn am Ärmel. Vertraulich:

»Morgen, Vicomte, wieder *fog*!«

VI

London
Buckingham Palace

HALB zwölf nachts. Nach der Aufheiterung ist der *fog* zurückgekehrt. Vor den Fenstern eine gelbliche Waschküche, die das Kerzenlicht von innen beleuchtet und noch undurchsichtiger macht. Zwei Diener sind nacheinander hereingekommen, der eine, um Scheite vor den Kamin zu legen, in dem nur noch Holzkohle glimmt, der andere, um ein neues Feuer zu entfachen. Athelstane hat die Leuchter mit neuen Kerzen versehen. Er hat auf dem Sims ein Paket Kerzen und Schwefelhölzer hinterlassen. Unter dem Baldachin aus gelber Seide bietet das breite, aufgeschlagene Bett seine damastenen Laken dar.

»*Good night, my Lord.*«

»*Gudd neit.*«

Hugo ist nicht zu Bett gegangen. Er sitzt in einem Polstersessel und denkt nach. An der Wand mit der roten Bespannung und den vergoldeten Rahmen zeigt ein Bild in der Art Longhis eine venezianische Dame mit besticktem Dreispitz und einer Maske aus Samt, die sich von einem dahergelaufenen Casanova im nachtdunklen Umhang das Blaue vom Himmel erzählen läßt. Albion braucht, um sich die Liebe vorzustellen, italienische Malerei.

Nachdem die Diener verschwunden sind, ist der schlafende Palast ein gewaltiges Schiff, das in der nebligen Nacht dahintreibt, in der Mitte Englands, in der Mitte des Planeten. Der kleine Buddha, der es befehligt, hat sich zu Bett begeben. Schlafen Sie, Madame, Ihre Diener kennen die Spielregeln. Im Inneren des Landes gerade soviel Reformen, daß Revolutionen vermieden werden. Nach außen eine Nation gegen die andere ausspielen, gestern Frankreich gegen Rußland, heute, in Ägypten, Rußland gegen Frankreich. Schlafen Sie; England wird auch in dieser Nacht und noch für einige Zeit der Motor der Geschichte sein. Zu Beginn dieses Jahrhunderts war es nicht so. *Der englische Leopard strich mit aufgerissenem Rachen umher, Paris hatte sich erhoben, Frankreich war riesig, als ich ein Kind war...* vor vierzig Jahren. *Nacht lag über Sankt Helena. Ein englischer Gefängniswärter hatte mit seinem fauligen Atem die große Fackel ausgelöscht.* Schlafen Sie, Victoria, Frankreich ist nicht mehr, was es einmal war. Es ist aber noch, Madame, der Schauplatz des Kampfes zwischen Tyrannei und Freiheit. Eine Stimme. Ein Störenfried. Als Freund oder Feind: beunruhigend. Unbeständig, wechselhaft, jawohl, Madame. Von Katastrophen zu Triumphen, vom Überschwang zur Verzweiflung, aber stets einer großen Bestimmung gemäß.

Nicht leicht ist's, dich zu knechten,
Frankreich, Krone der Nationen,
Asyl der Gedanken, Hort der Gerechten,
Mutterland der Revolutionen!

Mein Land.

Hugo horcht in die Stille. Wenn das Unglück Frankreich träfe, würden diese Leute hier uns nicht beistehen, gegen wen auch immer. Ich werde England in der *Weltlegende* nicht erwähnen. Alle anderen ja, die Griechen, Jesus, Spanien, die Throne des Orients, Italien, Deutschland, die Revolution, Jean Chouan. Kein Wort über die Engländer. Ein kleines Gedicht für Shakespeare, vielleicht. Mehr nicht.

Eines Tages, wie die Königin sagte, die Rettung Frankreichs sein? Nach dem Sturz des Bonaparte die Leere ausfüllen? In das Chaos eine neue Ordnung stellen? Meine Freunde, haben Sie sich überlegt, was Sie von mir verlangen? Ich werde anspruchsvoll sein. Ich möchte weder ein Schwätzer sein wie Lamartine, noch ein Mörder wie Cavaignac, noch ein Wirrkopf wie Ledru-Rollin. Ich werde damit beginnen, das Fest der Föderation vom 14. Juli 1790 zu wiederholen. Auf dem Marsfeld das Volk von Paris, Delegationen aus ganz Frankreich, zweitausend Musiker. Ich werde von oben herab erscheinen, in dem Luftschiff von Pétin, einem verbesserten und funktionstüchtigen, mit allen Seilen vibrierenden Gefährt der Luft, einem magischen Schiff, das imposanter ist und besser zu manövrieren als Fergussons Ballon. Es wird den Namen *Victor* tragen. Ich sehe mich gelassen in der Mitte der großen Kommandobrücke stehen; zu meiner Rechten und Linken meine Söhne, die Journalisten der Freiheit, und diejenigen unter den Verbannten, die dem Ideal treu geblieben sind, und die wundervollen Frauen, die nicht aufgehört haben, mich zu lieben. Dreißig Fuß über der Menge werde ich die Republik ausrufen. Ich werde die Dichter, die jungen Leute auffordern, mich zu unterstützen. Ich hoffe auf das Volk, denn ich glaube an Gott. Inmitten dieser Welt des Materiellen werde ich die geistige Sendung Frankreichs kundtun. Auf halber Strecke zwischen Himmel und Erde werde ich der Welt den Frieden verkünden. Keine Armeen mehr. Keine Unterdrückung. Auf zum großen Marsch der Menschheit!

Schreiben wir. Die schweren Papierbögen auf dem intarsienverzierten Sekretär tragen als Wasserzeichen den Leoparden und das Einhorn der britischen Krone. *Der Flugwagen*, vorläufiger Titel. Das Luftschiff *Victor*.

Wohin fährt dieses Schiff? Es fährt in hellem Tageslicht
In göttlich reine Zukunft, Tugend, heit're Pflicht,
Zur Wissenschaft, die ihren Glanz verbreitet.
Dem Ende allen Leids, der Großmut des Vergebens,
Dem Frieden, Frohsinn, Überfluß, dem Glück des Lebens
Dies gloriose Schiff entgegengleitet ...

Ein Kratzen an der Tür.

Hugo läßt das Luftschiff fahren, geht öffnen.

Aliénor de La Rochecorbon schlüpft in das Zimmer. Ein Finger auf dem Mund: »Pst!«

Sie läßt einen dunklen Schal von ihren Schultern gleiten.

»Um mich unsichtbar zu machen!« sagt sie lachend. »Ich komme spät, Maître, ich mußte den letzten Rundgang der Diener abwarten.

Wenn man von meinem Besuch erführe, welche Katastrophe!«

Sie lacht noch immer.

»Sie sind nämlich insgesamt drei Meilen lang, all diese Galerien, Korridore, Flure. Dazu Treppen, große und kleine. Anfangs pflegte ich mich zu verlaufen.«

Sie setzt sich, wobei sie die Falten ihres malvenfarbenen Kleides aufbauscht. Sie hat sich nach dem Essen umgezogen. Offenes Mieder über Chantilly-Spitze. Mit flinken, zierlichen Bewegungen bringt sie ihre blonden Locken in Ordnung.

»Ich hatte vor allem befürchtet, mich nicht mehr an die Tür Ihrer Suite zu erinnern. Es gibt so viele hier in diesem Palast. Zweitausend Türschlösser. Dreihundert Pendeluhren.«

»Erklären Sie mir zunächst einmal«, sagt Hugo, »wer Sie sind. La Rochecorbon? Eine Familie aus der Touraine?«

Sie wird ein wenig rot:

»Nur ein *pen-name*, wie man in England sagt. Ich heiße Célie Patte. Mein Vater hatte ein Hotel in der Nähe von Tours. In La Rochecorbon. Er ist nach London gezogen. Jetzt ist er Küchenmeister von Lord Palmerston, in der Downing Street. Ich habe meine Studien in beiden Ländern betrieben.«

»Vorlesedame der Königin, eine interessante Stellung.«

»Oh, wenn Sie wüßten!« sagt sie mit einem Schmollmund.

»Mögen Sie die Königin nicht?«

»Doch, die Königin mag ich schon. Es ist das Leben hier, das ich nicht mag.« Nach kurzem Schweigen: »Der Prinz ist alles andere als lustig. Und von einer Prüderie! Haben Sie um die Tischbeine herum diese Art Röcke bemerkt?«

»Ja, wieso?«

»Die Tischbeine heißen auch im Englischen Beine. Der Prinz möchte verhindern, daß seine Söhne, der ältere ist fünfzehn und mein Schüler, sich Gedanken machen.«

Hugo lacht.

»Ich hätte diese Schamhaftigkeit eher der Königin zugetraut. Die Art, wie sie von Eugénies Dekolleté spricht ...«

»Ah! Die Spanierin hat aber auch einen herrlichen Körper. Diese Schultern! Diese Brust! Victoria sieht nach gar nichts mehr aus. Aber glauben Sie mir, sie weiß schöne Männer zu schätzen ...«

»Und gibt es schöne Männer in ihrer Umgebung?«

»Palmerston gehört gewiß nicht dazu. Die Königin und der Prinz verachten ihn, sie nennen ihn Pilgerstein. *Damned Pilgerstein!* Zum Teufel mit Palmerston!«

»Recht haben sie.«

»Aber es gibt einen Schotten, den sie protegiert. Ein großer rothaariger Bursche, immer im Kilt. John Brown. Er leitet die Ballonmannschaft.«

»Ich habe ihn gesehen.«

»Und als sie eine Fahrt in Fergussons Ballon machen wollte, bestand der Prinz darauf, daß jemand sie begleitete. Sie hatte zunächst einen prächtigen Deutschen ausgewählt, Graf Bismarck, einen Diplomaten, der von Zeit zu Zeit nach London kam.«

»Nach Ihrem Geschmack, Aliénor?«

»Ein blonder Hüne mit einem Schnurrbart, arrogant und selbstsicher. Ich hingegen mag es, wenn ein Mann Künstler ist, melancholisch, wenn er mir vom Leid des Lebens erzählt, vom Unglück des Daseins.«

»In diesem Palast dürfte das kein geläufiges Konversationsthema sein.«

»Für die zweite Fahrt ein hagerer Mensch mit hübschen Augen, ein Mitglied des Parlaments, Monsieur Disraeli, der Romane schreibt. Der gefiel mir schon besser. Natürlich hatte er nur Augen für Victoria. Männer zu finden ist für eine Königin nicht schwer.«

Die Stimme ist wehmütig geworden.

»Und dieser Monsieur Verne, Fergussons Freund?«

Sie zuckt die Achseln:

»Ach, Jules! Der hat für Frauen nichts übrig.«

»Wie alt sind Sie, Aliénor?«

»Ich werde zweiunddreißig«, sagt sie widerwillig. »Eine alte Jungfer. Die zudem in Wirklichkeit Célie Patte heißt.«

Hugos Hand auf dem Arm der jungen Frau:

»Eine sehr schöne Frau!«

»Oh, Maître!«

»Sie sind also nicht glücklich in diesem Palast, mein Engel?«

Sie sieht dem Dichter fest in die Augen:

»Ich bin romantisch und republikanisch!« Ihr Mieder belebt sich: »Romantisch, aber nicht wie Lady Saint-Aldegonde, die ihre Handschuhe über das Glas legt, um engelhaft zu erscheinen. Wer weiß, ob sie sich nicht vor dem Essen ein Steak und einen Whisky genehmigt hat?«

»Die Sorte kenne ich.«

»Sie nennen mich einen Engel. Ich bin nicht engelhaft.«

»Um so besser, mein Engel.«

Die Augen verschwommen, in Erinnerungen verloren:

»Ich hatte einen von diesen Chartisten gekannt, die heute zum letzten Mal vorbeigezogen sind. Ein wundervoller Junge. Die Haare wie eine Flamme. Ein glühender Revolutionär. Als Pierre Leroux, der Verbannte, nach London kam, wurden sie Freunde. Um dem Gefängnis zu entgehen, hat er sich nach Amerika abgesetzt.«

»Sie haben viel gelitten, arme liebe Seele.«

»Seitdem zerfrißt mich die Schwermut. Was mache ich hier in diesem vergoldeten Käfig? Ich sehne mich nach einem anderen Leben. Anderswo. Egal wo. Oh, Maître, lassen Sie mich einen Augenblick bei Ihnen weinen!«

»Weinen Sie, schönes Kind. Die Tränen sind die Schwestern des Gebets.«

Sie schluchzt, den Kopf in den Händen. Über ihr, an der Wand, betrachtet die Venezianerin mit dem Dreispitz voller Erstaunen diese schöne Französin, die darüber verzweifelt, im Palast einer Königin zu wohnen. Sie hört auf, sich zu wundern, als der Mann in den Fünfzigern in seiner höfischen Tracht den Arm um die Schultern der jungen Frau legt, die sich schluchzend an seine Brust schmiegt.

Nach einigen Minuten löst Aliénor sich und tupft sich die Augen mit einem parfümierten Taschentuch.

»Ich habe Ihnen meine Verse mitgebracht.«

Mit einem rosa Seidenband zusammengehaltene Blätter aus Velinpapier, der Titel in gotischer Schönschrift.

Traurige Träume
von Aliénor de La Rochecorbon

»Die Frau ist von Natur aus Dichterin, so wie sie von Natur aus Gott nahe ist«, sagt Hugo.

Diskret wischt er, mit seinem eigenen Taschentuch, das tränenfeuchte Revers seines Anzugs ab.

Aliénor hat die Hände gefaltet:

»Ich möchte so gern Dichterin sein! Ich bewundere so sehr Madame Amable Tastu! Madame Blanchecotte! Die *Blumengebinde und Gebete* von Madame Desbordes-Valmore!«

»Recht hinfällig nun, die arme Marceline!«

»Aber vor allem *In den Herzen der Frauen* von Madame Louise Colet!«

»Ja«, sagt Hugo, »diese große Freundin hat ein weites Herz. Sie hat mich diesen Sommer auf Guernsey besucht.«

»Anaïs Ségalas ist nicht so sehr mein Fall.«

»Meiner auch nicht. Lesen Sie mir etwas von Ihren Gedichten vor, mein schöner Engel.«

Der Engel schlägt sein Heft auf.

»Diese Verse habe ich nach der Reise im Ballon im letzten Frühjahr verfaßt. Ich habe es *Die Qualen der Flügel* genannt.«

»Der was?«

»*Der Flügel.*«

»Hübscher Titel.«

Ach! Aufzusteigen von des platten Lebens Sphären
Unter deinem Rund, o schöner Ballon der Luft!

»Ehrlich gesagt, so schön finde ich ihn gar nicht. Das ist eine poetische Freiheit.«

»Fahren Sie nur fort!«

Unter deinem Rund, o schöner Ballon der Luft!
Oh! Noch immer zu weilen im fernen Mähren,
In eines frischen Tales Gräserduft!

Hugo zieht die Dichterin an sich:

»Ergriffene und bewegende Gefühle, mein sanfter Engel.«

»Es war eigentlich kein duftendes Tal. Eher eine große Lichtung in einem Wald ...«

»Die Zwänge des Reimes. Ich kenne das«, sagt Hugo, dessen Arm sich wieder um Aliénors Schultern gelegt hat.

Sie fährt fort:

Ach! Wie viele Schwalben sah ich schon, die blühend starben ...

»Schwalben? Das erinnert mich an irgendwas ...«

»Ja, ja!« sagt sie leidenschaftlich. »Ich habe mich von einem Vers Ihrer *Orientalen* inspirieren lassen. Sie sind der Vater aller Poesie, Maître. Ich habe Ihre *Mädchen* durch meine *Schwalben* ersetzt.«

»Nur zu, meine Liebe«, sagt Hugo, eine Hand im Ausschnitt der Dichterin.

Ach! Wie viele Schwalben sah ich schon, die blühend starben,
Auf ihrem Flug! So will es das Geschick.
Sag mir, warum die Vögel Flügel haben,
Die mir so fehlen zu meinem Glück!

»Nur ein junger und edler Blick vermochte diese Dinge wahrzunehmen«, sagt Hugo, während er sich über den jungen und edlen Blick beugt. »Das ist sehr schön. Beinahe so schön wie deine Lippen. Ich bin nicht länger ein Mann«, sagt er halblaut, »du bist nicht länger eine Frau, wir sind zwei souveräne Wesen, Gebieter des Paradieses.«

Sie antwortet nur mit einem Gemurmel.

»Ich liebkose dich voll Raserei. Meine Augen sind voller Sterne, Wohlgerüche durchströmen mich, ich schwebe in den Wolken der Engel und spüre, wie ich sterbe, und ich sterbe einen Tod, der das Leben ist.«

Das Feuer im Kamin prasselt. Sein Widerschein tanzt auf der vergoldeten Kassettendecke. Die Venezianerin auf dem Bild ist gerührt.

»Mir scheint«, sagt der Mann, »daß wir, du und ich, bereit sind für das himmlische Leben, daß unsere Seelen sich bebend öffnen und wir uns nur noch emporzuschwingen brauchen.«

»Welch wundervolle Dinge Sie sagen, mein Poet«, flüstert die Frau. »Wenn ich daran denke, daß es in London Franzosen gibt, die noch immer den Klassizismus gegenüber der Romantik hochhalten!«

»Wer das?«

»Einige Professoren, in Bloomsbury.«

»Pädagogen!« sagt Hugo und zuckt die Schultern. »Es gibt nur einen Klassiker in diesem Jahrhundert, und der bin ich. Ich bin der Mann unserer Zeit, der die französische Sprache am besten kennt.«

»Und die Liebe ebenso wie das Französische.«

Etwas später:

»Aber wie jung Sie sind!« sagt sie.

»Ich bin vierundfünfzig, leider!«

»Die Herzogin hat dich mit den Augen verschlungen. Und Victoria erst! Als du dich verabschiedet hattest, nach dem Essen, blieb ich noch da, um die Anweisungen der Königin zu erwarten. Sie sagte zum Prinzen, indem sie über dich sprach: *Preposterous political platform, but rather handsome fellow.* Der Prinz hat ein schiefes Gesicht gezogen, er ist eifersüchtig.«

»Ich verstehe kein Englisch.«

»Öh ... ›Fragwürdige politische Einstellung, aber ein ziemlich gutaussehender Bursche.‹ Oh, mein Poet, ich verbiete Ihnen, mit der Königin zu schlafen.«

»Ich werde mich hüten, und das nicht nur dir zu Gefallen, mein Engel.«

»Sie hat nicht verstanden, warum Sie sich

einen Priester genannt haben. Ich übrigens auch nicht. Seltsamer Priester!«

Sie lacht und setzt sich im Bett auf, die Arme um die Knie geschlungen:

»Stimmt es, mein Poet, daß du eines Tages Präsident der Französischen Republik sein wirst?«

Mit einem kräftigen Arm zieht Hugo die junge Frau in die Laken zurück.

»Weißt du, ich bin an einem Tage des Jahres 1802 auf einem Bergrücken bei Montanvert gezeugt worden, in einer Höhe von sechstausend Fuß. Dazu vorbestimmt, auf den Gipfeln zu leben. Gott wird entscheiden. Ich kehre nach Guernsey zurück, um zu warten.«

Sie sagt:

»Nimm mich mit!«

»Ich bin der Poesie verpflichtet, der Freiheit! Als Priester bin ich auch Soldat. Ich kann mir kein Privatleben erlauben.«

»Oh, die Noblesse Ihres Herzens!«

Nach einer Weile fügt er hinzu:

»Und außerdem, was würde Monsieur Patte sagen? Ich ehre die Väter.«

»Morgen wirst du in Fergussons Ballon zurückkehren. Ich werde davon träumen, dich zu begleiten. Die Nacht, die sturmumtoste Gondel, und wir beide liegen uns in den Armen! Das wäre so schön!«

»In der Tat«, sagt Hugo nachdenklich, »du hast es erlebt, wie der Sturm den Ballon entführt.«

»Ich war nicht allein«, sagt Aliénor. »Wir waren

zu dritt, von Samuel Fergusson abgesehen. Gertrud – das deutsche Fräulein –, das Baby und ich.«

Sie senkt die Stimme:

»Ein Kind, von dem niemand wissen durfte. Gertrud hatte mir gesagt, daß es darum gehe, die Ehre einer Dame des Hofes zu retten.«

»Indem man einen Säugling in den Himmel entführt!«

»Armes kleines rotes Ding! Es hatte seine Fläschchen ausgetrunken. Keine Milch mehr. Es starb vor Durst, war nur noch ein Schreien. Was für eine Nacht! Europa, das unter uns vorbeizog. Als wir im Morgengrauen mit dem Abstieg begannen, war es, als würde man in eine Liliputanerwelt hinabsinken, die man zwischen die Berge gesetzt hat: ein sehr hoher Kirchturm, Häuser wie Spielzeuge und die Lichtung inmitten der Bäume. Wir befanden uns in Mähren, in irgendeinem unbedeutenden Marktflecken.«

Hugo hat aufgehört, das Mädchen zu streicheln.

»Gertrud und ich haben uns mit dem Kind auf den Weg gemacht, in den Ort. Verlassene Fabrikgebäude. Ein Bild des Elends. Wir kamen in eine Straße, ich erinnere mich an den Namen, Schlossergasse. Zwei ältere Frauen auf der Schwelle eines Hauses. Die eine weinte, die andere hatte einen Eimer Milch. Gertrud wollte ihr welche abkaufen und zeigte auf das Baby in ihren Armen. Man füllte das Fläschchen, ein Fläschchen aus Elfenbein. Die guten Frauen hatten so etwas noch nie gesehen. Um zu bezahlen, zog Gertrud einen

Beutel voller Goldsovereigns aus der Tasche, ein Vermögen. Die Frau hatte auch Goldstücke noch nie gesehen. Sie forderte: *Pfennig, Pfennig!* Schließlich hat sie doch einen Sovereign akzeptiert, aus Mitleid mit dem Kind, schätze ich.«

»Kurzum, Sie haben es gerettet?«

»Der arme Wurm sog mit solchem Behagen an seinem Fläschchen! Eine Eruption des Glücks! Man hätte meinen können ...« – Aliénor ist rot geworden – »... wie ein Mann, der nach langem Warten eine Frauenbrust entblößt.«

»Ich verstehe.«

»Aber eine Brust aus Elfenbein. Keine wirkliche Brust«, sagt Aliénor und wird wieder rot.

»Wenn er das wahre Ding entdeckt«, sagt Hugo lächelnd, »wird er angenehm überrascht sein.«

»Oder enttäuscht, der arme Kleine.«

»Und dann?«

»Gertrud plauderte mit den guten Frauen. Die, die weinte, war eine Hebamme. Sie hatte die Frau des Hauses von einer Totgeburt entbunden. Einem Jungen. Den Rest können Sie sich denken. Unser lebendiger Säugling nahm die Stelle des totgeborenen ein. Mit dem großen Beutel Sovereigns.«

Hugo amüsiert sich:

»Ein Kind, das sich außergewöhnliche Erinnerungen bewahrt haben dürfte. Nach dem Schock der Geburt eine Reise in einer Höhe von mehreren tausend Fuß, voller Enttäuschung, voller Verlangen nach der Mutterbrust, um dann plötzlich das Vergnügen des Mannes zu entdecken, aber an einer künstlichen Brust – welch traumatische Erfahrungen! Ein vielversprechender Säugling.«

Die Standuhr schlägt viermal, glockenhell. Aliénor reibt sich die Augen:

»Ich muß gehen, Maître, bevor die Diener in den Gängen herumzulaufen beginnen.«

Die Venezianerin auf dem Bild schläft noch; sie ist nicht wach geworden.

»Adieu, mein sanfter Engel. Es gibt in der Natur drei herrliche Meisterwerke, das Gestirn, die Lilie und die Frau. Und du bist das Meisterwerk unter den Frauen.«

Sie weint:

»Sie werden auf Ihre Insel zurückkehren, und ich bleibe allein zurück in diesem tristen Palast.«

»Romantische und republikanische Seele, ich nehme dein Bild mit mir.«

»Nehmen Sie auch meine Verse mit. Ich habe eine Abschrift.«

»Gott dort oben, ich hier unten – du hast zwei Freunde.«

Die Tür öffnet sich auf den dunklen Gang.

Vor den Fenstern noch immer der weißliche Nebel. Das riesige Schiff, das durch die englische und planetarische Nacht treibt, steht jetzt still. Ist ein gigantischer Monolith geworden, erstarrt inmitten einer unendlichen Ebene.

In dem Himmelbett aus gelber Seide, das noch nach der Gegenwart einer Frau duftet, ist Hugo in Schlaf gesunken.

Unendliche leere Ebene.

Nicht ein bestelltes Feld, kein Dach, kein Mensch, der hier vorübergeht.

In der Luft ein unruhiges Zittern, verworrener Lärm klingt nach, das Beben vergangener Massen.

Welche Völker lebten hier, von denen nichts geblieben ist?

Hier und dort, einsam zwischen den Gräsern, große Löwen aus Stein.

Unbeweglich lauschen sie dem Raunen untergegangener Nationen.

In Gedanken versunkene Hunde, deren Herr verschwunden ist.

Im Stich gelassen, nutzlose Erinnerung.

Hugo wagt nicht näherzutreten. Er schaut sie an. Die Dämmerung sinkt langsam hernieder.

Plötzlich, fern am Horizont, erscheint mit ausgebreiteten Flügeln

Ein ungeheurer Vogel nie gesehener Gestalt, so wild, so grauenhaft,

Daß die steinernen Löwen sich erheben und unter anhaltendem Brüllen die Flucht ergreifen.

Das Entsetzen weckt ihn.

Allein im Bett. Aliénor ist nicht mehr da. Stimmt, sie ging im Morgengrauen.

Es ist halb sieben morgens.

Der Schrecken des Albtraums ist noch nicht verflogen.

Was wolltest Du mir sagen, o Herr, mit diesem merkwürdigen Traum?

Mein Gedicht ruht auf dem Tisch, noch nicht vollendet.

Ich besang darin das neue Zeitalter, das die Luftschiffahrt bringt, die Abschaffung der Grenzen, die universelle Brüderlichkeit.

Muß man statt dessen, über wehrlosen Städten, den Ansturm von Kriegsluftschiffen vorausahnen, die ihre Bomben speien?

Sollte das, nach unsren Tagen ohne Freude und ohne Ehre, das Antlitz der Zeit sein, die nun anbricht, o Herr?

Noch immer an den Fortschritt glauben?

Er schläft wieder ein.

Ein silberner Krug mit heißem Wasser, den Athelstane hereinbringt, im Anzug und mit schwarzer Krawatte. Das ist kein Ersatz für den Zuber mit kaltem Wasser von Guernsey, mit dem großen Schwamm. Wenn ich gestern abend danach verlängt hätte, würde dieser *E-fel-stène* mir heute morgen Meerwasser in einer chinesischen Vase bringen?

Während Hugo, im Straßenanzug, sich mit seinem Rasiermesser barbiert, klopft es an die Tür. Fergusson, mit feierlicher Miene.

»*Good morning*, Monsieur Hjugo.«

»Einen Augenblick. Sie erlauben?«

Mit der Klinge in der linken Hand, eine Wange voll weißen Schaums, geht Hugo ein paar Schritte bis zum Sekretär, beugt sich nieder und schreibt mit der Rechten einige Worte auf das Blatt mit dem Wappen der englischen Krone.

»Beim Dichten, Monsieur Hjugo?«

Nein. Er notiert gerade einen merkwürdigen Traum, den er diese Nacht gehabt hat.

»Meine Erfahrung hat mir gezeigt, Monsieur Fergusson, daß die Musen einen Mann lieben, wenn er Toilette macht.«

»Me too«, sagt Fergusson. »Die *technical details* kommen mir, wenn ich mich rasiere. Auf diese Weise habe ich meinen *perfected* Gasbrenner erfunden.«

Herein tritt, nachdem er geklopft hat, ein Diener in roter Jacke. Die Frühstückslivrée. Hoch auf silbernen Tabletts hereingetragen, finden die Bestandteile des Frühstücks auf dem Wandtischchen zueinander. Dampfende Teekanne, Heringe, Omelette, Würstchen, gekochte Tomaten, Toast, Konfitüre, Milch, Butter, Zitrone.

Hugo nimmt Platz. Ein Bärenhunger.

»Kann ich Ihnen etwas anbieten, Fergusson?«

Nein, danke, Fergusson hat schon gefrühstückt. Er betrachtet voller Genugtuung das Gepränge der königlichen Gastfreundschaft.

»Das ist doch etwas anderes, Monsieur Hjugo, als französisches Frühstück, Milchkaffee und Brot, ist es nicht?«

Lassen wir den Inselbewohnern ihre festgefügten Vorstellungen.

»Sie kommen also gelegentlich nach Paris, Fergusson?«

»Sobald ich nach London zurückkehre, in zwei oder drei Tagen, nehme ich das *packet-boat* nach Calais. Verabredung in Paris, mit meinem alten Freund Pétin, in Ballonangelegenheiten.«

»Ich beneide Sie. Stellen Sie sich vor, auch ich habe eine Verabredung in Paris, demnächst, in wichtigen Angelegenheiten. Mit Herrn Bonaparte. Ich weiß nicht wann. Die Stunde wird kommen.«

»Monsieur Hjugo, jetzt zweiter Teil meiner Mission. Ich muß Sie zu Ihrer Insel zurückbringen.«

»Prometheus wieder auf seinem Felsen absetzen. Nun gut, sobald Prometheus gefrühstückt hat, steht er zu Ihrer *disposischen*, und wir können London verlassen.«

Fergusson zeigt mit dem Finger auf die milchigen Scheiben des Fensters.

»Der *fog* hält an. Wir werden aufsteigen, ohne daß jemand bemerkt.«

»Und in welches Land Europas werden Sie mich diesmal entführen, bevor wir Guernsey erreichen, mein lieber Fergusson? Preußen? Der Vatikan? Das Osmanische Reich?«

Der Engländer lacht nicht.

»Ich hoffe einen *collateral* Wind zu finden, der den Ballon zu den Inseln treibt.«

»Gut, hoffen wir auf den Seitenwind.«

»Ich kann die Winde nicht befehlen, Monsieur Hjugo.«

Nein, sagt sich Hugo schweigend,

Nein, die Winde lassen sich nicht zwingen,
Der Seitenwind weht, wie es Gott gefällt;
Er kann uns, wenn er will, nach London bringen,
Doch auch an jeden andren Ort der Welt.

»Was sagten Sie, Fergusson?«

»Dieser Seitenwind, ich kenne. Ich habe ihn

genutzt, als ich Jersey und Guernsey erkundete, um vorzubereiten den Flug, von oben, in der Nacht, ohne mich zu lassen sehen.«

Hugo amüsiert sich:

»Ohne sich sehen zu lassen? Sagen Sie, Fergusson, bei diesen unsichtbaren Erkundungen, sollten Sie da in Ihrem Ballon eine Weiße Frau mitgenommen haben, ätherisch und ganz verschleiert?«

Fergusson errötet heftig.

»Ich bin noch nie mit solch eine Person ausgewesen, Monsieur Hjugo, weder zu Lande noch in der Luft. Von den Frauen ich liebe nur die Königin.«

»Die nicht gerade ätherisch ist.«

»Sie hat die Schönheit der Tugend«, sagt Fergusson und ereifert sich. »Frauen, das bedeutet Unordnung, Leidenschaft, Tollheit. Und was wird dann aus meiner Arbeit, den Ballons, der Wissenschaft? Die Liebe – o je. England! Meine Königin! Und seine Ruhe haben!«

Hugo nickt mit dem Kopf:

»Ich verstehe Sie, Monsieur Fergusson.«

Die Frauen und die Liebe sollte man verbieten!
Denn glücklich sind nur die Hermaphroditen!

Fergusson sieht auf die Uhr.

»Wir werden gegen Mittag losfahren. Mit *Dschuhls Vöhrn.*«

VII

In der Luft

DIE Gondel ist von Sandsäcken umgeben, die mit Seilen an das Netz gebunden sind, und von roten Laternen, über denen sich Fetzen von *fog* verziehen. Man kann nur den unteren Teil des Luftschiffs erkennen. Ein Dutzend Männer halten die Seile mit beiden Händen. Der große Schotte im Kilt, Käppi auf dem Kopf, läßt einen Hagel von Flüchen los. Er hat Fergusson bemerkt:

»Fucking fog, Sir!«

»Dieser Mann, Monsieur Hjugo«, sagt Fergusson, »macht Gebrauch von ein bedauerliches Vokabular innerhalb der Mauern von Buckingham. Aber die Königin hat ihn beauftragt, die Manöver am Boden zu leiten.«

»Mir brennen die Augen«, sagt Verne. »Dreckiger Nebel.«

»Da oben«, sagt Fergusson, »die Augen werden nicht mehr brennen. Brown! Sind die Vorratskisten an Bord?«

»Yes, Sir.«

»Das Wasser?«

»Yes, Sir.«

»Man kann nie ganz sicher sein, wohin es einen diesmal treibt«, sagt Verne. »Mit diesen unberechenbaren Seitenwinden kann es einen ebensogut nach China verschlagen.«

Der Seitenwind hier über London
Läßt sich nicht in die Karten sehen.
Er würde uns mit Fergusson
Glatt bis ins Reich der Mitte wehen.

»*Luggage!*« ruft Fergusson.

Athelstane stellt die Reisetasche des französischen Lords in die Gondel.

»*Gentlemen*, an Bord!«

»Einen Augenblick!«

Hugo hat, durch den *fog* hindurch, eine schlanke, unbewegliche Silhouette wahrgenommen. Er geht zu der jungen Frau, zieht sie in den dichten Nebel.

»Adieu, Maître! Ich liebe Sie und werde Sie immer lieben.«

»Adieu Poetin, adieu große Seele! Ich sehe deine Flügel.«

Sie lächelt unter ihren Tränen:

»Sie sind mein prachtvoller, mein großzügiger Löwe!«

Sie kennt ihren *Hernani.*

»Adieu, Schwalbe des Nebels! Spürst du meine Seele an deiner Seite?«

Der *fog* verschlingt für immer Aliénor de La Rochecarbon, romantisch, republikanisch, traurig.

Hugo taucht wieder aus dem Nebel auf, kehrt zur Gondel zurück.

Er murmelt ein Gebet:

›Habe Erbarmen, mein Gott, mit Célie Patte,
der Schönen,
Der großen Seele

Und schlechten Poetin!
Mach, daß ich sie nicht erniedrigt habe!
An dem Tag, an dem ich vom Himmel herabsteigen werde auf der Brücke des *Victor*,
Da laß auch sie dort sein
Zusammen mit den anderen
An der Seite ihres Chartisten mit dem feuerroten Haar!‹

»Let's go, all!« ruft Fergusson. »Für Ihre Hoheit die Königin Victoria, hip, hip!«

»Hurrah!« antworten die Männer gewissenhaft.

Hugo sagt ganz leise: »Es lebe die *Weiße Frau!*« Den Leuten von Torteval wird eine neue Erscheinung vergönnt sein.

»Wir steigen!« sagt Fergusson, über seine Instrumente gebeugt.

Der Aufstieg ist so sacht in dieser wattigen Atmosphäre, daß nur die Barometersäule wissen kann, daß man an Höhe gewinnt. Park und Palast sind verschwunden. Die Gondel scheint unbeweglich zu sein, wie erstarrt.

»Dieser Londoner Nebel, Monsieur Hjugo, ist das Resultat der Dämpfe, die in der Schwebe halten wässerige Kügelchen und organische Ausdünstungen, das alles vermischt mit industriellen Rauchschwaden.«

»Für mich, Fergusson, ist dieses neblige Chaos das Abbild des Bösen. Ich habe einiges darüber geschrieben heute nacht.«

Im Nebeldunst, aus dem die alte Welt entstand,
Ruht auf Ägyptens Sphinx des türk'schen Allah Hand ...

Aber über dem Nebelchaos gibt es die Welt des Geistes.

Auf einmal freie Sicht. Eine klare Wintersonne. Unter dem Luftschiff eine unendlich weite Decke mit weißlichen Pölsterchen.

»Zweitausend Füße«, sagt Fergusson, der an den Reglern seines Gasbrenners hantiert. »Ich manövriere, um den Seitenwind etwas weiter oben zu finden.«

Hugo und Verne haben sich gesetzt, eine Tasse Kaffee in der Hand.

»Maître, ich habe lange über den Rat nachgedacht, den Sie mir gegeben haben, in der Nacht, als der Sturm war. Ich werde dem Theater entsagen. Keine Bühnenstücke mehr! Ich werde über die Wissenschaft schreiben.«

»Das heißt, Sie glauben daran, Verne, Sie glauben an den Fortschritt? Ich hatte einen schlechten Traum heute nacht.«

»Ich werde Maschinen beschreiben, die es noch nicht gibt. Gestern habe ich den ganzen Tag lang Projekte entworfen, Personen ausgedacht.«

»Und ich dachte, Sie hätten geschlafen, junger Mann! Nun, diese Maschinen?«

»Flugapparate ...«

»Sie sollten sie Fergusson zeigen. Sein Ballon ist die passive Unterordnung unter den Seitenwind. Wir hängen in der Luft, bewegungslos, und warten auf die Gunst des Windes ...«

Der Himmel ist klar. Die Polsterdecke aus *fog*, weit unterhalb der *Weißen Frau*, reißt langsam auf.

»Ein anderes System?« sagt Fergusson, der den Brenner sich selbst überläßt und nähertritt. »Nichts lieber als das. Die Verabredung, die ich nächste Woche in Paris habe, gilt Monsieur Pétin, der aus Amerika zurückgekehrt ist. Ich glaube nicht, daß er eine Lösung gefunden hat.«

Verne wirft einen Stapel Zeichnungen auf den Tisch, zwischen die Kaffeetassen.

»Die Luftschraube, meine Herren, in großer Zahl zur Anwendung gebracht. Schauen Sie sich mein Luftschiff an. Vierundsiebzig Schrauben, die für den Auftrieb sorgen. Vorn und hinten zwei Propeller, die es vorwärtstreiben. Dienstraum, Küche, Mannschaftsraum, Kabinen, Speisesaal und der Glaskäfig, in dem sich der Steuermann aufhält. Ich werde meinen Apparat *Albatros* nennen.«

»Ein Albatros hat keine Luftschrauben«, sagt Fergusson.

»Das ist eine Metapher.«

»Ich fürchte, Ihr ganzes Luftschiff ist eine Metapher. Um ihre horizontal und vertikal Schrauben anzutreiben, Sie brauchen eine Energie stärker als Dampf oder Elektrizität!«

»Meine Elektrizität ist etwas ganz Neuartiges.«

»Ja«, ereifert sich Hugo, »alles an diesem Luftschiff muß neuartig sein. Heute nacht war ich einen Augenblick lang pessimistisch. Eine schreckliche Vision. Ich möchte meine Hoffnungen in den *Albatros* setzen. Möge er den Drang des Menschen zum Himmel verkörpern, zur Gerechtigkeit, zur Vernunft, zur Brüderlichkeit.

Möge er den immerwährenden Frieden unter den Nationen bringen!«

Eine Detonation ertönt unter dem Ballon, dann noch eine und eine dritte.

»Man feuert Kanonen ab«, sagt Verne.

Durch die Risse der Wolkendecke hindurch, dreitausend Fuß tiefer, kleine weiße Rauchfahnen am Boden.

»Der Exerzierplatz von Wimbledon«, sagt Fergusson, das Fernrohr am Auge. »Ich werde Ihnen vorstellen die englische Armee.«

Er drosselt den Brenner. Die Gondel sinkt; man sieht die Batterien größer werden, um die herum sich kleine rote Kanoniere zu schaffen machen.

»Gezogene Armstrong-Kanonen. Ganz neues Geschütz. Sehr außerordentlich präzis.«

Er ist nicht mehr zu halten. Er klatscht Beifall.

Kavallerieschwadronen haben sich am nördlichen Rand des Geländes formiert. Das Blitzen der Säbel. Ein Sturmangriff läßt sie mit verhängten Zügeln vorwärtspreschen, die Fahnenstangen vornüber gestreckt.

»*Aren't they wonderful!* Wundervoll!«

Fergusson greift nach einem Leinenköcher, zieht eine Flagge heraus, rote Balken auf blauem Grund, der Union Jack entfaltet sich in der leichten Brise, die aufgekommen ist.

»Unser Seitenwind kommt mit der Armstrong-Kanone«, sagt Verne.

»Prächtige Regimenter!« sagt Fergusson. »Die Disziplin ist streng.«

»Glückliche Militärs!« sagt Hugo.

Hier der Stock und dort die Knute. Lorbeer, Ruhm,
Mit Prügeln treibt man euch zu Sieg und Heldentum!

»Wir haben den Wind!« sagt Fergusson.

In den Eingeweiden das Gefühl aufzusteigen, dann ein horizontaler Schub.

»Verne«, sagt Hugo, »werden Sie Ihr Luftschiff mit einer Kanone bestücken?«

»Gewiß, Maître. Ein leichtes Geschütz auf einem Drehzapfen, eine Munitionskammer. Was wäre ein Luftschiff ohne Bewaffnung?«

Mit dem Finger zeigt Fergusson auf eine Kiste, die in der Nähe der Kabine festgezurrt ist:

»Granaten. Weniger schwer als eine Kanone, *very efficient.* Eine Flotte von tausend Ballonen, jeder von welchen läßt, ohne ein irdisches Projektil abzubekommen, Hunderte von Bomben fallen. England könnte zurückschlagen jedweden Angreifer.«

»In dem tauchfähigen Boot, das mir vorschwebt«, sagt Verne, »sind nicht einmal mehr Bomben oder Kanonen nötig. Der Rammsporn wäre die Angriffswaffe. Ich würde den Gegner versenken, indem ich ihn unter Wasser angreife.«

Hugo schweigt.

»Warum nicht«, sagt Fergusson, »eine Maschine, die kann fahren auf der Erde, fliegen in der Luft, aufsuchen den Grund des Meeres?«

»Daran habe ich auch gedacht. Es wäre die Waffe eines Weltbeherrschers.«

Die *Weiße Frau* hat wieder an Höhe gewonnen und neigt sich leicht im Hauch des Seitenwindes. Auf die Reling gestützt, mustert Hugo den jungen Bärtigen, der soeben seine Berufung entdeckt hat.

»Monsieur Verne, Sie werden der Poet der Maschine sein!«

Verne widerspricht mit einem Kopfschütteln:

»Es ist weniger die Maschine, die mich interessiert. Ich denke an den Mann, den ich hineinsetzen werde. Einen Menschen, der über dem Menschen steht.«

Mit vorgestrecktem Bart und leuchtenden Augen:

»Ich verkünde nicht die Übermaschine, ich verkünde den Übermenschen.«

»Was wird er unternehmen, Ihr Übermensch?«

»Reisen.«

»Nicht sehr originell.«

»Warten Sie! Außergewöhnliche Reisen. Er wird Afrika überfliegen, die Quellen des Nils entdecken. Ein Gefährt aus Stahl wird ihn zum Mond bringen. Er wird über vervollkommnete Luftschiffe verfügen ... Ich werde ihn das versunkene Atlantis entdecken lassen. Er wird den Mittelpunkt der Erde erkunden.«

»Ihr Übermensch ist also ein Supertourist.«

»Aber während er die Quellen des Nils oder den Mittelpunkt der Erde entdeckt, wird er zugleich sich selbst verändert finden. Verwandelt. Ich verkünde übermenschliche Energien. Der historische Mensch hat sich überlebt. Die Herrschaft des höherstehenden Menschen ist gekommen.«

»Ein großer Eingeweihter«, sagt Hugo versonnen, »dessen technische Möglichkeiten sich durch geistige Fähigkeiten verdoppeln ... Ist es das?«

»Das ist es.«

»Aber wird dieser Übermensch der Erwählte oder der Rivale Gottes sein? Erzengel oder Nimrod?«

Verne hat nicht gezögert:

»Er wird beides sein. Befreier und Aufrührer.«

Die nüchterne Stimme Fergussons unterbricht den Dialog:

»Ich verstehe Ihre Worte nicht, *Dschuhls*. Ich bin Ingenieur, nicht Philosoph.«

»In meinem Werk«, sagt Hugo, »gibt es solche schillernden Persönlichkeiten nicht. Entweder schwarz oder weiß. Das Böse ist das Böse, das Gute ist das Gute.«

»Jenseits von Gut und Böse! Der Übermensch erträgt es nicht, kein Gott zu sein. Er hat Gott getötet. Ein fröhliches Waisenkind.«

Hugo fragt:

»Und der Tod? Wie überwindet er ihn?«

Verne ist rot geworden.

»Nun – das ist es eben! Auch ich habe die ganze Nacht geträumt. Ich hatte Fieber. Eine Überspanntheit ... Ich phantasierte ein wenig. Und da sah ich sie, meine Übermenschen, eines gewaltsamen Todes sterben. In einer Explosion, im Inneren eines Vulkans. Vom Blitz getroffen in ihrem Schiff, mitten im Himmel, wie Ikarus, wie Simon Magus ...«

»Was mögen die letzten Worte dieses Simon gewesen sein, als er sich niederstürzen sah?«

»In meinem Traum, in dem Augenblick, als der Blitz sein Luftschiff zerschmetterte, hörte ich die letzten Worte meines fliegenden Übermenschen: ›Ich, ich ... Herrscher der Welt ...‹«

Sollte die Zeit für den Kampf um die Herrschaft über die Erde heranahen?

Der Abend senkt sich früh über den Kanal im November. Ein grauschimmerndes Meer, ein Rest Mond darüber. Der Ballon zieht seine Bahn.

»Ich suche Namen für meine Personen, Maître. Eine erhabene Revolte, ein Kampf gegen alle Tyranneien dieses Planeten ...«

»Da wird er viel zu tun haben.«

»Ein Erzengel der Rache. Man weiß nicht, wer er ist. In der *Odyssee* gibt es jemanden, glaube ich, der sich auf Griechisch *Niemand* nennen läßt. Aber ich kann meinen Helden doch nicht *Niemand* nennen.«

»Nennen Sie ihn doch auf Lateinisch *Nemo.*«

»Eine Art Hernani. Erst zum Schluß wird man erfahren, daß er ein Fürst war, so wie Ihr Hernani ein Herzog.«

»Werden Sie ihm keine Doña Sol zur Seite stellen?«

Verne zieht ein schiefes Gesicht:

»Sie ist schon tot.«

»Sie haben keine Frauen, Ihre Übermenschen?«

»Keine Frauen, keine Frauen. Vollauf beschäftigt, verstehen Sie?«

»Nein«, sagt Hugo lächelnd, »verstehe ich nicht.«

Fergusson platzt heraus:

»Monsieur Hjugo!«

»Erreichen wir Afrika, mein lieber Fergusson?«

»Dieses blinkende Licht, da unten, südwestlich, das dort aufleuchtet ...«

»Ich sehe es.«

»Das *lighthouse* von La Hague. Wir werden Guernsey von Osten her erreichen.«

Der Raum öffnet sich schweigend vor der *Weißen Frau.* Schwach erleuchtet vom Mondlicht, scheint die Insel wie ein weiteres Luftschiff über dem Meer zu schweben.

»Guernsey mitten im Himmel«, sagt Verne.

»Sie haben den Titel für mein Poem gefunden!« ruft Hugo. »Nicht *Der Flugwagen,* sondern *Mitten im Himmel.*«

Im Stehen, über den Tisch gebeugt, schreibt er drei Worte in großen Buchstaben, bevor er seine Papiere zusammenlegt, um sie in der Reisetasche zu verstauen, die offen auf dem Wasserkanister steht.

»Wir waren bereit, der Sahara zu trotzen, Fergusson.«

»God forbid!«

Hugo drückt dem Engländer die Hand:

»Politisch wird mein Besuch bei Ihrer Königin ohne Folgen bleiben. Aber poetisch ...«

Er hält einen Stapel Blätter in der Hand. Geripptes Papier der englischen Krone.

»...poetisch bringe ich das Schlußgedicht meiner *Weltlegende* heim. Monsieur Verne hat mir soeben den Titel gegeben. Und außerdem ...« Zu dem Engländer niedergebeugt, um ihm ein unerhörtes Geheimnis anzuvertrauen: »Während unserer Hinfahrt, Fergusson, habe ich Gott gesehen!«

Er umarmt Verne:

»Ich prophezeie Ihnen eine große Zukunft, junger Mann!«

Die Insel erhebt sich vor dem Ballon. Schaumfransen rund um die Küsten. Granit im Süden, Sand im Norden. Die Lichter der Häuser stechen in die Nacht hinein.

Hugo träumt einen Augenblick:

»Guernsey hatte mir schon alles vorausgesagt, was in den letzten drei Tagen geschehen ist. An der Pointe Lucifer, Erinnerungen an den Höllensturz. Am Schloß von St. Michel, dem Erzengel, der Kampf zwischen Gut und Böse. Von dort aus, nach Süden, am Kap Icart, erhabene Offenbarung mit einem kleinen Schreibfehler.«

»Wir werden landen in einigen Minuten«, sagt Fergusson, der vor seinem Brenner steht.

Die Gondel sackt heftig ab. Die Reisetasche fliegt davon, überschlägt sich, verschwindet in der Tiefe. Der Aufprall des Leders auf dem Wasser, zwanzig Meter unter ihnen. Hugo hält noch immer seine Papiere in der Hand. Einige Blätter sind ihm entglitten und trudeln hinab.

»Welch ein Unglück!« ruft Verne.

»Nichts von Belang. Nur ein kleines Gedicht

über die Schwalben, das ganz von allein fortgeflogen ist.«

Ein Blick hinab auf die Oberfläche des Meeres, wo die Tasche versunken ist:

»Adieu, Uniform des Pair von Frankreich! Nun bin ich durch und durch Republikaner.«

Die *Weiße Frau* gleitet sanft über die Hochebene von Pleinmont, dicht über dem Gras. Ein langes Schaben; die Gondel kommt zum Stillstand.

Mit seinen Papieren in der Hand steigt Hugo über die Reling. Das einsame Haus blickt noch immer mit aufgerissenen Augen ins Weite. Torteval beginnt sich die Nasen an den Fenstern plattzudrücken.

»Adieu!« sagt Hugo.

»Vergessen Sie nicht, Monsieur Hjugo: Dies war eine *absolutely* geheime Reise.«

VIII

Stille Gedanken im Buckingham Palace

AUFGEWACHT von Alberts Geschnarche · Er schnarcht laut seit einiger Zeit Er schnarcht immer lauter · Ich stoße ihn mit dem Ellenbogen an und weil er nicht aufhört stoße ich ihn kräftig zur Seite · Königinnen und Prinzen sollten vom Schnarchen verschont bleiben ebenso wie von den Bedürfnissen des Bauchs und der Blase · Eine Königin sollte lieben können so oft sie will ohne sich regelmäßig ein neues Kind einzufangen wie die Frauen aus dem Volk

ich fühle mich häßlich fühle mich schwer · Und diesmal nicht von einem Kind · Heute morgen hat mir die gute Gertrud beim Ankleiden geholfen ich betrachtete mich im Drehspiegel · Die gute Gertrud hat gesagt Meine Königin ist schön · Ich habe gesagt ich bin sicher ich habe schon wieder ein Pfund zugenommen · Das hat angefangen im Mai Du weißt warum · Gewissensbisse? Nein keine Gewissensbisse aber die Trauer über diese herzzerreißende Trennung

Gertrud sagte nichts · Ich habe gesagt Ich werde dick ich werde dick · Sieh mal hier und da auch · Sie hat gesagt Aber das ist jetzt Mode in Paris · Ich habe Photographien gesehen · Alle viel fetter als meine Königin · Die Männer lieben fette Frauen · Sie fügte mit einem Augenzwinkern, das mich nicht amüsiert hat, hinzu · Sie wissen es nur zu gut meine Königin

Der gute Dr. Clark meint ich hätte zu viel übrig für die Würste und das Bier · Oh die Coburger Bratwürste · Ich sehe sie vor mir ich sehe sie vor mir

Albert schnarcht Albert Donnerwetter *warum hast du dich auf die Seite Rußlands geschlagen während meine Untertanen sich in Sebastopol abschlachten ließen? · Nicht so zahlreich wie die Franzosen aber immerhin · Ich bin noch immer wütend auf dich, Albert · Habe es dir die ganzen zwei Jahre lang übelgenommen · Dich aus meinem Bett verbannt · Zwei Jahre ohne Ehemann · Das erklärt was passiert ist*

Aufgabe als Königin und Situation als Frau das ist mein Problem · Als Königin ist es meine Aufgabe zu regieren und Befehle zu erteilen · Seit Mai als ich wieder angefangen habe Pilgerstein für die Besprechung am Donnerstag zu empfangen ist es meine Aufgabe ihn eine Stunde lang auf seinen Beinen zu halten · Er wankt auf seinen Stelzen, Pilgerstein · Gut gemacht

Als Königin ist es meine Aufgabe zu herrschen · Als Frau war es mein Los, im Bett passiv zu sein, mich erdrückt zu fühlen, genommen, besessen · Das Glück dieses Gewicht zu ertragen diese Schwere diese Bürde die einen überwältigt und zum Höhepunkt bringt

Das ist schön, ein Mann · Er war schön, Albert · Jetzt kriegt er einen Bauch, er ist deprimiert · Er gleicht nicht mehr dem Bild meines Vaters

Meines Vaters den ich nicht gekannt habe · Edward Herzog von Kent der so kurz nach meiner Geburt gestorben ist · Ich habe meinem erstgeborenen Sohn seinen

Namen gegeben · Meine Mutter hat nur schlecht von ihm geredet, tut es heute noch · Eifersüchtig auf die Vergangenheit ihres Gatten · Verschwenderischer Schuldenmacher, eine leichtsinnige Jugend · Und später? · Ein Verführer, ein Mann, den die Frauen liebten und der mich liebte · Kann mich an sein Gesicht nicht erinnern · Ich war zu klein · Ich habe ihn geliebt, ich liebe ihn in meiner Vorstellung · Groß schön blond allmächtig · Größer schöner stärker blonder als Albert · Nachts nimmt er mich in seine königlichen Arme, trägt mich fort · Ebenso gewaltig ebenso verführerisch ebenso brutal wie Otto von Bismarck · Ebenso zärtlich ebenso subtil ebenso beredt wie Benjamin Disraeli · Von ebenso hoher Statur wie John Brown · Fern von meiner eifersüchtigen und tyrannischen Mutter habe ich mit meinem Vater geschlafen, als lebte er noch

dieses Bild von Simon Magus · Albert liebt es sehr · Mich fasziniert es seit meiner Heirat · Albert zeigte mir den Magier, wie er durch die Lüfte fliegt · Dann stürzt er und kommt um · Auf der Erde ausgestreckt am unteren Bildrand · Aber ich glaube, daß Albert es verkehrt herum versteht · Alle täuschen sich so wie er · Ich lese das Bild von Simon Magus von unten nach oben · Zunächst ein Magier, der am Boden liegt und schläft · Seine Manneszier unter dem Rock schläft auch · In seinem Schlaf denkt er an die Liebe · Sein Verlangen rührt sich · Er wird wach und sein Ding richtet sich auf, schwillt an, wird größer · Das ist schön, das Verlangen des Mannes · Groß wie der Füllstutzen eines Luftschiffs · Er erhebt sich in die Luft · Schließlich schwebt er in der Ekstase im Orgasmus ganz oben im Bild · Schön muß er gewesen sein dieser Simon den die Gebete des am Boden knienden Hl. Petrus nicht bekümmern · ein Magier der Liebe

schöner Mann auch dieser französische Dichter der zum Essen gekommen ist und eines Tages vielleicht Präsident der französischen Republik sein wird · Er interessierte sich nicht für mich · Er dachte nur an sein absurdes Priesteramt aber ich habe genau gesehen wie Albertha ihn anschaute · Sie hat für ihn gesungen · Das hat ihm aber nicht gefallen, er mag Verdi nicht · Die kleine Aliénor machte ihm auch schöne Augen the little slut · *Ein kraftvoller Poet, breite Schultern, schöne Kinnbacken · Sein Appetit hat mir gefallen · Und daß er mein Coburger Bier liebte · Zum Teufel mit seiner Republik! · Aber sie würde Frankreich schwächen, das wäre die größte Genugtuung, die ich mir wünschen kann · Es ist die eindeutige Bestimmung der britischen Rasse, die niederen Völker zu beherrschen*

warum heißt es, daß die Franzosen am besten zu lieben verstehen?

während Albert schnarcht denke ich zurück an das, was vor fünfzehn Monaten in der Luft geschehen ist, an meine beiden kleinen X, unterzeichnet mit V R für Victoria Regina, die noch dort sein müssen, wo ich sie in das Holz eingekerbt habe, während ein Mann neben mir schlief, auf der Matratze der Kabine, während der Sturm wütete und der gute Fergusson an seinem Brenner hantierte · Voller Respekt für die Ruhe seiner Königin · Unfähig, auch nur den geringsten Verdacht zu schöpfen · Bestimmt hat er noch nie eine Frau berührt ich sage es war nicht meine Schuld · Nicht meine Schuld · Ich war wie eine Witwe · Ich dachte an meinen Vater · Und außerdem hat es jedesmal so geregnet · Was blieb da anderes übrig, als mit einem dieser Herren in der Kabine Schutz zu suchen?

Welchem der beiden wird das Baby ähnlich sehen? Dem prächtigen preußischen Edelmann, oder dem einfallsreichen englischen Juden, der sich so kuriose Sachen ausdenkt? · Wird es schöner sein, mein Kind, wird es intelligenter sein als die, die Albert mir geschenkt hat? · Welches Erbgut, welche Tendenzen, welche geheimen Instinkte, welche Neigungen habe ich ihm mitgegeben, ich, die ich es mitten in der Luft empfangen habe, ich, die ich mit meinem Vater geschlafen habe · Wird es wie Simon Magus, der sich in die Lüfte erhebt, damit es ihm dort oben kommt, für das Geschlechtliche vorbestimmt sein, mein armes liebes Kind? · Ich werde es nie erfahren, mein Leib und Herz sind mir davon so schwer

ich hatte alles so gut arrangiert in Bückeburg, man erwartete es, alles war vorbereitet, und dann dieser schreckliche Sturm, der den Ballon davontrug · Fast wäre es gestorben, mein armes Kind · Statt Bückeburg im Hannoveranischen, Freiberg im österreichischen Mähren · Die gute Gertrud hat die Situation gerettet · Gesegnet sei diese Familie Freud, die uns die Vorsehung gesandt hat, in der Schlossergasse 117 · Bescheidene Adresse, die vielleicht so viel wert ist wie die eines englischen Palastes · Die gute Gertrud hat mir nicht mehr zurückbringen können als nur den schönen, der Sage entlehnten deutschen Namen Sigmund, den mein Sohn sein Leben lang tragen wird · Kind des Verlangens · Sigmund der Magier?

Der Leser möge so freundlich sein,
Victor Hugo, Jules Verne, Baudelaire, Nietzsche
und der Königin Victoria
einige Wendungen zurückzugeben,
die der Autor
bei ihnen entliehen hat.